Mauersplitter bleiben

Zum Gedenken an Karin K., deren Schicksal mich immer noch tief erschüttert, und Milena Jurcovska, der ich leider nie wieder begegnet bin.

Silka Lamberts

Mauersplitter bleiben

Bibliografische Information der Deutschen Nationalbibliothek
Die Deutsche Nationalbibliothek verzeichnet diese Publikation
in der Deutschen Nationalbibliografie; detaillierte bibliografische
Daten sind im Internet über http://dnb.d-nb.de abrufbar.

© 2009 Silka Lamberts
Coverfoto: Markus Hahn
Umschlagdesign, Satz, Herstellung und Verlag: Books on Demand GmbH, Norderstedt
ISBN 978-3-8370-5302-9

Inhalt

Unverhoffte Begegnung

Der Herbst schleicht sich ein, und das mit jedem Tag ein bisschen mehr. Die Leichtigkeit und die Unbeschwertheit des Sommers, sie scheinen mir wie Sand durch die Finger zu rinnen. Wie ein heimlicher Eindringling kommt er Stück für Stück näher mit seinen kürzer werdenden Abenden und seiner mir über das Jahr fremd gewordenen Frische. Dabei haben wir noch Sommer.

Seit vorgestern bin ich nun endlich allein zu Hause und genieße die Stunden, die, angereichert mit meiner Langenweile, nicht wirklich vergehen. Ich möchte auch nicht, dass sie vergehen. Von mir aus könnte die Zeit jetzt stehenbleiben, einfach so, während ich auf der kalten Ledercouch liege, die Beine über die Rückenlehne baumeln lasse und durch das weit geöffnete Fenster nach draußen blicke – dichte Tannen, weit gestreckte Birkenarme, üppig ausgeschlagene Weiden, verwachsene Büsche in einem matten Grün, darüber eine blaue Himmelskurve und zwischendrin die letzten Strahlen einer schon tief stehenden goldrötlichen Abendsonne. Ein leichter Wind bringt Bewegung in das Wechselspiel von Licht und Schatten, und das Bild dort draußen, dem ich schon minutenlang verfallen bin, wird lebendig.

Meine Familie ist verreist, zu den Großeltern nach München, wie jedes Jahr in den Ferien. Früher bin ich immer mitgefahren, aber in den letzten Jahren habe ich diese Zeit als Auszeit für mich entdeckt. So kann ich ein bis zwei Wochen tun und lassen, wonach mir der Sinn steht, vor allem verschwenderisch mit der Zeit umgehen, mal richtig faul sein, viel schlafen – alles, was mir der Alltag sonst nicht wirklich ermöglicht. Das ist schon ein Spagat: der Beruf, die Kinder und das ganze Drumherum tagaus, tagein, kein Feierabend, kein Wochenende. Da bleibt nicht viel Zeit, um Luft zu holen. Aber es ist o.k. so, wie es ist.

Mit gefesseltem Blick in die Welt dort draußen, lasse ich meine

Gedanken übermütig durch die kommenden zwei Wochen wandern. Es ist ein wunderbares Gefühl, mit der Zeit zu spielen, gedanklich gebündelte Stunden und Tage wie beim Jonglieren vor sich hochzuwerfen, wieder einzufangen und immer so weiter. Wegfahren wäre nicht schlecht, so ein Zwei-Tage-Trip in eine größere Stadt oder eine Freundin besuchen, das Schlafzimmer in verrückten Farben streichen, die Fotos der letzten drei Jahre einkleben. Fotos, das ist eigentlich ein gutes Stichwort. So ein bisschen in der Vergangenheit herumstöbern, nicht zwei Wochen, aber einen Abend lang – mit Feuer im Kamin und einem guten Bordeaux könnte es mir gefallen.

Und eigentlich warten sie ja nur darauf, die vielen Fotoalben, immer griffbereit in Omas altem Bücherschrank. Unermüdlich hoffen sie auf einen Funken Aufmerksamkeit, um endlich mal wieder von früher erzählen zu dürfen. Aber ich gestatte es ihnen selten, denn die Bilder zeigen nicht nur schöne Momente, sie erinnern auch an längst Verlorenes.

Eher zögerlich beginne ich die riesigen Stapel, die jetzt vor mir auf dem Teppich liegen, zu durchblättern. Vom Babyalter Anfang der Siebziger bis hin in die Sturm-und-Drang-Phase der Achtziger ziehen die Fotos mit all den verbundenen Erinnerungen ganz weit in der Ferne an mir vorbei. Ab und an übertönt das knisternde Holz im Kamin die im Hintergrund laufende Musik von U2.

Kindergarten, Schule, Freunde, Familie, so viele vorbeifliegende Jahre, so viele Menschen, so viele Orte und nur wenig ist heute davon geblieben. An der einen oder anderen Aufnahme bleibt mein Blick länger als gewöhnlich hängen. Manchmal überschlage ich auch ein paar Seiten, um bestimmte Erinnerungen nicht wieder hervorzuholen. Und dann ist es plötzlich da, dieses Foto. Eine Ewigkeit habe ich es nicht gesehen und, um ehrlich zu sein, ich hatte es ganz vergessen.

Wie gebannt schaue ich auf diese leicht verschwommene Schwarzweißaufnahme von Paul. Lachend sitzt er auf der Couch bei mir zu Hause mit dem Hochzeitszylinder meines Großvaters auf dem Kopf und einem meiner Glitzertücher um den Hals, so wie sie damals modern waren und heute wieder sind. Bei all den Bildern, die ich von Paul besitze, gehört das nach wie vor zu den schönsten. Es war bei einer dieser Feten, die wir früher öfter feierten, und es ist schon so unglaublich lange her. Mehr als zwanzig Jahre sind seitdem vergangen. Heute erscheint mir Pauls Gesicht nur noch im Traum. Glücklicherweise habe ich sie selten, diese Träume, aber sie überkommen mich immer mal wieder. Die nächtlichen Begegnungen mit ihm sind dann bis ins Detail unglaublich authentisch, was mich jedes Mal wieder tief berührt und in gewisser Weise irritiert. Genauso aufgewühlt und durcheinander fühle ich mich jetzt, wo ich diese Aufnahme von ihm hier wiedersehe. Ganz viele Emotionen und Bilder einer längst vergessenen Zeit, einer Zeit mit Paul, erwachen plötzlich in mir, und ich bin ein wenig entsetzt über mich selbst und über mein wachsendes Interesse an der Vergangenheit. Die Fotoalben, der Kamin, der Bordeaux, selbst Bono – alles verschwindet langsam aus meiner näheren Wahrnehmung und hüllt sich in einen Hauch von Nebensächlichkeit. Stattdessen fluten unzählige Erinnerungssplitter ungeordnet meine Gedanken. Ihre unterschwellige Aufforderung, tiefer in die Zeit von damals einzutauchen, lässt mich irgendwie nicht mehr los und magisch zieht es mich auf den Dachboden. Denn nur hier existieren sie noch, die letzten Überbleibsel längst zurückgelassener Tage mit ihren großartigen und weniger großartigen Momenten, eingestaubt in Kisten, die insgeheim darauf warten, neu entdeckt zu werden, heute oder in hundert Jahren. Zwischen Koffern, Skiern, Kinderbettgestellen, einem alten Teich und all den Dingen, die sich unweigerlich unter einem Dach so ansammeln, beginne ich planlos herumzuwühlen, bis ich ihn endlich entdecke, diesen unscheinbaren, mittelgroßen, grauen, an der einen Seite schon etwas zerdrückten Karton mit der unter dem Staub kaum noch leserlichen, völlig überflüssigen Aufschrift »Marie privat« – ist doch alles hier oben irgendwie privat. Da drin gut verpackt: Lieblingsspielzeug, verschiedene Souvenirs und kitschige Andenken.

Wie in Trance wandern sie durch meine Hände und zaubern dabei große und kleine Bilder vor meinem geistigen Auge. Und dann liegen sie vor mir, die abgegriffenen Tagebücher, die Akte und diese Briefe, alte Briefe von Paul.

Es ist ein kleines zusammengepresstes Päckchen, mit einem blauen Geschenkband fest verschnürt, und man sieht ihm an, dass es in Vergessenheit geraten ist. Dabei hatten diese Briefe damals so eine große Bedeutung und unglaubliche Wirkung auf mich. Sie waren unser einziges Kommunikationsmittel. Es gab kaum jemanden mit Telefon, keine E-Mail, keine SMS, nur Briefe oder eben keine Briefe – heute kaum vorstellbar bei all den unbegrenzten Möglichkeiten der Verbindungsaufnahme.

Und wie gebannt sitze ich vor dem Karton, mit diesem Päckchen in den Händen, das sich wie ein Schatz anfühlt. Voller Erwartung befreie ich es von dem Band und streiche über jeden einzelnen Umschlag hinweg, so als würde ich die Jahre wegwischen, die auf ihnen liegen. Mancher hat das damalige, ungeduldige Aufreißen nicht überlebt und ist durch und durch zerfleddert. Vorsichtig nehme ich die beschriebenen Blätter, über die sich schon ein leichter Hauch von Gelbschleier zieht, heraus. Dem Zittern, das mich dabei überkommt, kann ich nichts entgegensetzen. Allein seine Handschrift ist es, die mir sofort Pauls Gesicht vor Augen führt, sein Lachen, seine Stimme, alles in so geballter Form, dass ich das Gefühl habe, aus dem Gleichgewicht zu geraten. Und wie im Rausch beginne ich zu lesen.

Nicht irgendwo im Osten ...

Es war im Dezember 1944, da verließen meine Großeltern mit Pferd und Wagen ihre Heimat Ostpreußen. Viele flohen damals in der Annahme, bald wieder nach Hause zurückzukehren. Sie nicht, denn sie fühlten, es war ein Abschied für immer. Bis zum Ende des Krieges kam meine Großmutter mit zwei Kindern im erzgebirgischen Annaberg in einem Lager unter, während mein Großvater das Militär zu versorgen hatte. Nach dem Krieg machten sie sich dann beide gemeinsam auf die Suche nach einer zweiten Heimat. Ich weiß nicht, welche Gründe sie bewogen, vielleicht hatten sie ja auch gar keine Wahl, jedenfalls landeten sie in der Altmark.

Als dann Anfang der Sechziger der Bau einer Staatsgrenze mitten durch Deutschland immer offensichtlicher wurde und niemand die Tragweite der Folgen so richtig einzuschätzen vermochte, bekniete ein Teil unserer Familie im Westen meine Großeltern, noch rechtzeitig die Seiten zu wechseln. Nicht wirklich überzeugt von der Vorstellung, ihr neugewonnenes Zuhause wieder zu verlassen, aber immerhin überredet, packten sie alle ihre Habseligkeiten zusammen und schafften diese nach und nach, immer im Schutz der Dunkelheit, über die schon fast verschlossene Grenze. Unmittelbar vor dem letzten Übertritt passierte allerdings etwas Ungewöhnliches. Der Arbeiter-und-Bauern-Staat unterbreitete meinem Großvater ein so unglaubliches Angebot, dass er einfach nicht ablehnen konnte. Und so schafften sie alle ihre Sachen, ebenfalls im Schutz der Dunkelheit, wieder in die Ostzone zurück und blieben. Ausreichende finanzielle Mittel, zwei Hektar Land und die Erlaubnis, unter all den volkseigenen Betrieben ein privates Unternehmen zu gründen, das alles war dann doch mehr wert als die Freiheit.

Und so festigte unsere Familie weiter ihre jungen Wurzeln genau dort, wo sich noch heute die Elbe durch grenzenloses, unberührtes Land zieht, entlang unzähliger wilder Uferweiden, vorbei an den weiten, flachen Elbwiesen und brachliegenden Feldern – ein Landstrich im Norden, geprägt von so berauschender Idylle, wie sie einzigartiger nicht sein könnte.

Sie war eher unscheinbar, die Kleinstadt, in der ich dann Jahre später aufwuchs, und so gewöhnlich wie viele Orte in unserer kleinen DDR. Doch sie war nicht immer so gewöhnlich. So gehörte sie im späten Mittelalter zu den mächtigsten Städten im damaligen Hansebund. Angeblich sorgte der Dreißigjährige Krieg für ihren Fall und es ist ihr dann später nie wieder gelungen, diese Stärke von einst zurückzuerlangen.

Aber Stärke und Macht waren uns damals nicht wichtig. Wir mochten sie trotzdem – mit dem kleinen Kino, zu dem wir immer gingen, nur um zu sehen, was lief, der alten Post mit den schiefen, ausgetretenen Sandsteinstufen und der schweren gusseisernen Eingangstür, dem Bahnhof, auf dem wir so viele schmerzliche Abschiede erlebten, dem Kulturhaus, in dem wir tanzen lernten und die gesellschaftlichen Höhepunkte unserer Jugend feierten, und natürlich auch mit der Schule, die schon unsere Eltern besuchten.

Besonders gefielen mir damals die unzähligen alten Linden, die sich wie Flüsse durch den Ort zogen und im Park zu einem riesigen dunkelgrünen Meer zusammenliefen. Das klassische Wahrzeichen unserer Stadt allerdings ist die große Backsteinkirche. Ihre zwei unverwechselbaren Türme erheben sich weit über das flache Land. Hier wurden viele von uns getauft, konfirmiert und verheiratet. Jedoch nur zwischen Ostern und dem Erntedankgottesdienst, denn für Veranstaltungen in der restlichen Zeit war es in dieser riesigen gotischen Hallenkirche einfach zu kühl. Bis auf das Weihnachtsfest, das feierten wir dort trotzdem, von unseren Eltern in doppelte Hosen gesteckt und eingehüllt in viele Decken wegen der eisigen Kälte, die fast unseren Atem gefrieren ließ. Weihnachten ist übrigens ein gutes Stichwort, um in die Geschichte einzusteigen, denn es war an einem Freitag im Dezember 1986, als ich Paul zum ersten Mal traf.

Wir saßen damals zufällig im gleichen Zug in die nahe gelegene Kreisstadt. Kurz vor der Ankunft begegnete ich ihm an der Waggontür, und weil uns beide das Warten langweilte, denn der Zug hatte seit mehreren Minuten keine Einfahrtserlaubnis, wetteten wir aus Jux und Dollerei um die richtige Gleisseite. Ich war der Meinung, dass wir rechts aussteigen würden, Paul hingegen beharrte auf der linken Seite. Wetteinsatz war ein freier Wunsch für den Sieger. Wir stiegen rechts aus und somit hatte ich einen Wunsch frei. Für diesen einen Wunsch wünschte ich mir dann erst einmal drei Wünsche. Dann wollte ich Schnee, weil ich den so liebe, danach noch ein weißes Zwergkaninchen mit Albinoaugen, die mochte ich damals irgendwie besonders gern, und für den dritten Wunsch wünschte ich mir wieder drei Wünsche – und das ging dann irgendwie so weiter. Doch bei all meiner Cleverness – ich kam nicht weit mit meiner Wünscherei. Schnee gab es zwar recht viel in diesem Winter, was mich auch sehr freute, aber mit dem Rest, da hielt sich Paul dann doch eher zurück. Ahnungslos wie ich damals war, gab ich die Hoffnung jedoch nicht auf und konfrontierte ihn immer mal wieder mit seinen Wettschulden und neuen Herausforderungen – wie Schneewetten (»Wetten, dass morgen früh wieder alles weiß ist!«), aber gedacht habe ich mir nichts dabei, denn irgendwie konzentrierte ich mich mehr auf den Schnee als auf Paul. Bis zu dieser einen Nacht, die alles veränderte.

Wir kamen mit vielen anderen zusammen aus der Discothek, es war zwei Uhr morgens. Fünf Kilometer unbeleuchtete Landstraße trennten uns von zu Hause. Eine Menge Leute, lautes Gegröle, eisige Kälte, überall Schnee, Pärchen, die nicht aufhören konnten zu knutschen und dabei fast über sich selbst stolperten – mittendrin ich, auch in einem fremden Arm, in etwas angetrunkener, heiterer Stimmung. Plötzlich hörte ich, wie Paul meinen Namen rief, er war nur ein paar Meter hinter mir. Und über den Lärm der Leute und der Autos hinweg trafen mich seine Worte wie ein kalter Schlag ins Gesicht: »Schon lange laufe ich dir wie ein Phantom hinterher und du, du merkst gar nichts!« Und ehrlich, es war mir wirklich nicht aufgefallen. Ganz still wurde es um mich herum. Ich befreite mich schnell aus diesen fremden Armen und sah wie versteinert zu Paul hinüber, immer noch auf dieser Straße, angerempelt von den Nachfolgenden, dabei schnitten ab und zu Autoscheinwerfer unsere Gesichter. Er schien so ernst, so nüchtern, so sachlich. Wo war nur sein Lachen? Böse, enttäuscht und voller Verachtung traf mich sein Blick, den ich so noch nie zuvor erlebt hatte und auch nicht aushielt. Es tat mir unendlich leid – ich tat mir leid, denn von diesem Moment an war mir klar, dass ich mein Herz schon an ihn verloren hatte, obwohl es mir eigentlich so gar nicht in den Kram passte.

Anfangs fragte ich mich immer wieder: »Warum ausgerechnet Paul?« Er fiel mit seinen 17 Jahren, seiner schmalen, kleinen Statur nicht gerade in mein Beuteschema. Mich zog es eher zu den älteren Jahrgängen, den großgewachsenen, breitschultrigen, dunklen Typen. Auch in puncto Charakter gab's bei Paul so ein paar Defizite. Er schien irgendwie immer unter dem Druck zu stehen, etwas Besseres sein zu wollen. Und so zeigte er sich meistens zurückhaltend, launisch und überheblich. Ja, er hatte es wirklich drauf, seinen natürlichen Charme gut zu verstecken.

Aber manchmal da brach das Eis, – und dann gelang es seinem Charisma einfach alles zu verzaubern. Und wie ich das mochte. Gerne ließ ich mich von seinem lachenden Blick magisch fangen und von seiner unnahbaren Nähe fesseln. Es war auch die schwingende Bewegung, die in seinem Gang lag, das unbewusste Glätten seiner schulterlangen, blond gelockten Haare, sein lautloses Trommeln eines Rhythmus, welcher nur für ihn hörbar in der Luft lag, und manchmal auch sein bubenhaftes, schadenfrohes Grinsen, wie so ein Dingsda aus einer Wunderschachtel, aber das wirklich nur manchmal.

Mit jedem vergehenden Tag schlich er sich mehr in mein Leben. Ich wehrte mich nicht. Allerdings bewegten wir uns nur auf einer rein freundschaftlichen Ebene, denn Pauls anfängliches Interesse an mehr, das verschwand – so schien es mir zumindest, gerade als es mich so richtig erwischte.

📖 »Das wird keiner von uns so schnell vergessen, diese Weihnachtsparty. Wir waren alle zusammen im Kristallkeller, du auch, – tolle Musik, urste Stimmung. Wir haben viel getanzt. ›Last Christmas‹ und Peter Schilling sind im Moment voll ›IN‹. Und dann fing es an zu schneien, stundenlang. Wir hatten schon lange nicht mehr so viel Schnee. Irgendwann sind wir alle raus und dann ging es los. So eine Schneeballschlacht habe ich noch nie erlebt – die Bälle flogen uns nur so um die Ohren. Es war ein einziges großes Durcheinander, und alles mit Musik – Wahnsinn. Ich musste dann nach Hause mich umziehen – du hattest mich total eingeseift. Ich war enttäuscht, weil ich dachte, meine Mutter lässt mich nicht mehr weg, es war immerhin schon 1 Uhr. Aber ich durfte noch mal los, weil ich ihr sagte, du würdest warten, das war ja auch so. Wir haben noch ein bisschen getanzt und um 3:15 Uhr lag ich im Bett.

PS: Seit heute habe ich übrigens einen ›Paul-ich-liebe-dich-Akku‹ und dieser lädt sich in deiner Nähe immer wie von selbst auf.«📖

... aber eben im Osten

Vier Jahre nach dem Tod meines Großvaters zerbrach die Familien- und Wohlstandsidylle, in der ich mich bisher sicher und geborgen fühlte, und aufgrund unüberwindbarer Differenzen innerhalb der Familie entschied sich meine Mutter 1986, den Weg meines Großvaters, den Weg in den Westen fortzusetzen. Doch mittlerweile stand sie zwischen Ost und West ganz felsenfest, die Mauer, und so funktionierte eine Übersiedlung nach »drüben« nur noch mittels der legalen Ausreise.

Ich war damals sechzehn, kurz vor dem Schulabschluss und mir der Tragweite eines Ausreiseantrages theoretisch schon bewusst, doch die Praxis war schlimmer. Mit sofortiger Wirkung wurde ich aus dem Klassenverband verwiesen und, bis auf den Unterricht, von sämtlichen schulischen Aktivitäten ausgeschlossen. Ausreisewillige gehörten nicht mehr zu den Gleichen und so grenzte man sie von den anderen »guten« Menschen formal, so weit es ging, ab. Aber die wirklichen Probleme begannen erst später mit dem Abschluss der Zehnten. Natürlich hatte die Isolation vom sozialistischen Alltag eine sehr befreiende Wirkung auf mich, aber »isolieren« stand auch für »nicht mehr investieren« und so ermöglichte man mir keine weitere schulische Bildung mehr. Gerne hätte ich damals wenigstens mit dem Abi begonnen, wenn es auch nur dazu diente, die Zeit nicht so sinnlos verstreichen zu lassen. Aber sie ließen mich nicht zur erweiterten Oberschule, trotz des entsprechenden Abschlusszeugnisses – »nach genauer Prüfung«, so stand es in den Unterlagen. Was mir nach der Zehnten noch blieb, war ein viermonatiges Praktikum in einer kirchlichen Einrichtung in der Kreisstadt. Doch den ganzen Tag Kinderbetreuung, das war nicht gerade das, was ich mir für meinen Alltag erträumte, aber wenigstens hatte ich so eine Aufgabe. Übrigens genau in dieser Zeit begegnete ich Paul im Zug.

Die vier Monate als Praktikantin gingen schnell vorbei. Und dann war ich das erste Mal arbeitslos, eine Situation, die es in der DDR gar nicht gab, und dennoch war ich es. Wäre ich damals von dem Ausreisewunsch zurückgetreten, hätte ich so einiges in diesem Land machen können. Zumindest unterbreitete man mir diverse Vorschläge, wie zum Beispiel die Ausbildung zur Facharbeiterin in der Konservenfabrik, der Schuhfabrik oder der Tierproduktion. Mal ganz ehrlich, bei diesen Angeboten fiel es mir wirklich nicht schwer, mich nicht von unserem Vorhaben zu distanzieren. Das bedeutete allerdings auch, dass ich von da an völlig alleine dastand vor einer riesigen Perspektivlosigkeit und mir irgendwie überlegen musste, wie es ohne Schule, ohne Ausbildung, ohne Arbeit weitergehen sollte. Es war nicht üblich, dass man sich mit siebzehn da drüben im Osten über derartige Probleme Gedanken machte. Daher wurde ich in meinem bisherigen Leben auch nicht ansatzweise auf eine solche Situation vorbereitet. Und sie wirkte atemraubend, diese so ganz andere Lebenslage immer gekoppelt mit der Angst der Ungewissheit. Wie lange würde ich es schaffen, diesen Zustand auszuhalten?

Aber damit nicht genug, die Krönung allen Übels waren die Leute um mich herum und ihr Gerede. Tief versteckt in Bitterkeit, tuschelten sie: »Das ist die, die weg will, aber die darf nicht weg, die muss bleiben.« Ihre abfälligen Worte über den Ausreiseantrag oder die spöttischen Bemerkungen über meine persönlichen Ideale wirkten wie Gift in meiner Seele. Nur in der Gleichgültigkeit der Menschen hatte ich ein wenig Sicherheit.

Zu gerne wäre ich damals in der Anonymität einer Großstadt versunken, um mich davor zu verstecken, aber ich lebte in einem Ort, wo jeder jeden kannte und wo alle Bescheid wussten. Und so war ich dem Geschwätz ausgeliefert wie eine Nussschale auf hoher See, die ab und an zu kentern drohte. (»Pionier wyderschywai« – Pionier, halte durch.)

📖»Glaubt bloß nicht, ihr kriegt mich klein, heute bestimmt nicht und morgen schon gar nicht, vielleicht an einem für mich besonders schlechten Tag, aber den verrate ich euch nicht.«📖

Selten Bananen und selten Kohlen

Mit der Hilfe meiner Tante, die in einem genossenschaftlichen Betrieb im Nachbarort das Amt der stellvertretenden Leiterin ausübte, fand ich dort Ende Januar 1987 doch noch einen, allerdings auf sieben Monate befristeten Job als Sachbearbeiterin. Entscheidend für die Anstellung war auch, dass meine Mutter noch allein ihre Unterschrift unter den Antrag auf Ausreise setzte.

Sie war nicht der Reißer, diese Schreibtischarbeit, doch ich war damals einfach nur froh, dass es irgendwie weiterging und dass mein Leben wieder einen Rhythmus bekam. Mittlerweile sind auch die meisten negativen Erinnerungen aus dieser Zeit längst verschwunden und geblieben ist heute nur ein Hauch von Heiterkeit, denn es war oft richtig lustig mit Frau K., Herrn M. und Carina. In einer alten Baracke hockten wir zusammen mit anderen, von Montag bis Freitag von sieben bis vier, mitten auf dem Verladebahnhof im Lärm der Bagger und einer Dunstwolke aus Ruß und Baustaub. Und nach unserem selbst ernannten Motto »Wir sitzen alle in einem Karussell und wer sich nicht festhält, fliegt raus!« versuchten wir vier jeden Tag aufs Neue ein Problem zu bewältigen, welches sich bekannterweise durch das ganze kleine Land zog und sich aus betriebswirtschaftlicher Sicht wie folgt definieren ließ: »Die Nachfrage war größer als das Angebot« – wir hatten nichts! Oder zumindest nicht das, was die Bürger wollten. Da die sozialistischen Slogans jedoch versicherten: »Für das Wohl des Volkes ist gesorgt. Es ist alles da, was der Einzelne braucht. Die Ziele der sozialistischen Planwirtschaft werden immer hundertprozentig erfüllt!«, begriff der Bürger das Problem des wirtschaftlichen Engpasses so rein gar nicht, wie sollte er auch. Und er fragte, obwohl die Lager leer waren, immer wieder hartnäckig und verbissen täglich die gleichen Defizitprodukte wie Kohlen und Baustoffe nach.

Gerade im Winter war das Thema Heizstoffe, wie der Name schon vermuten lässt, ein sehr brenzliges Thema. In diesem Sozialstaat durfte oder sollte zumindest keiner frieren. Allerdings ließ sich das bei einem Lagerbestand von null Kohlen nicht immer vermeiden. Natürlich war das Horten von Waren weit verbreitet, weil man ja nie wusste, wann es etwas gab. Aber unter uns waren auch Bürger, denen fiel immer zu Beginn oder mitten in der Heizperiode auf, dass sie plötzlich keine Kohlen mehr hatten, und dann wurde es eng, für sie und für uns, das »Team Heizstoffe«. Sie benötigten die Brennstoffe natürlich immer sofort und genau dann, wenn es wirklich schlecht aussah. Und so war es nicht selten der Fall, dass lange vorbestellte Auslieferungen kurzerhand umdisponiert und in viele Kleinlieferungen umgewandelt wurden, nur damit manch einzelner Bürger in unserem Ort nicht fror.

In den Büchern durfte sich der Mangel an Waren natürlich nicht widerspiegeln. So erhielt unser Betrieb täglich gemäß sozialistischer Planwirtschaft, hundert Prozent der erforderlichen Heizstoffe – wobei das natürlich nie stimmte – und, man höre und staune, am Ende des Tages blieb, laut Unterlagen, sogar noch etwas übrig, obwohl der eigentliche Lagerbestand nichts mehr hergab. Und das, was sich da als übrig darstellte, meldeten wir im Sinne der Planerfüllung jeden Morgen pflichtbewusst, allerdings mit mulmigem Gefühl, den Genossen in der Kreisstadt, die begeistert unsere Zielerreichung zur Kenntnis nahmen.

Mit dem Beginn der wärmeren Tage entspannte sich die Situation, und auch die Bücher spiegelten ab dem Frühjahr die tatsächlich vorhandenen Mengen an Heizstoffen wider. Ja, sie war schon ziemlich unkonventionell, diese Arbeit – vielleicht auch einfach nur sozialistisch. Zumindest lehrte sie mich einen gedanklichen Spagat im Kopf im Hinblick auf das Fingieren der Bücher, Organisationsgeschick im Zusammenhang mit dem ständigen Lieferungsdurcheinander und darüber hinaus auch, sensibel mit den Problemen der Bürger umzugehen, vor allem, Geduld mit dem Volk zu haben.

📖»Gestern hatten wir die Stasi im Haus, fünf Leute. Das erste Mal, seitdem ich im Betrieb arbeite. Eine Stunde haben sie mit mir geredet, wegen der Ausreise, einer neuen Ausbildung im Büro, den Freunden und so. Bei der Bürolehre habe ich gleich abgeblockt. Das fiel mir auch nicht schwer, so wie die hier alle drauf sind, so ein Leben will ich nicht. Aber bei den Freunden, was sollte ich auch sagen, dass ich mich freue, dich nicht mehr zu sehen. Die Fragen waren richtig fies, und zum Schluss habe ich einfach nur geheult, wegen des Abschieds. Peinlich. Ich ärgere mich.«📖

Paul war zu der Zeit in seinem ersten Jahr von drei Jahren Berufs-ausbildung mit Abitur. Mehrmals täglich sind wir uns wie selbstver-ständlich über den Weg gelaufen. Wir sahen uns auf dem Weg zur Schule beziehungsweise zur Arbeit, trafen uns zum Mittagessen bei Freunden, feierten auf privaten Partys zusammen, gingen mit anderen in den Club zum Billardspielen, Musikhören oder einfach nur zum Quatschen, sahen uns bei mir zu Hause, verbrachten warme Sommer-nächte am See, fuhren an den Wochenenden mit den Mopeds und Motorrädern in die Discotheken der Umgebung oder hingen manche verlorene Abende in der Kneipe im Park ab.

Seit dieser Begegnung im Zug gehörte Paul ganz schnell zu meinem Alltag. Er war überall, immer da, wo ich mich gerade auch aufhielt, und es fiel mir so unglaublich leicht, mich daran zu gewöhnen – vor allem daran, dass er meinem Herzen so unglaublich guttat.

Meine Anstellung als »Fachfrau für Kohlen« endete im darauffol-genden Juli und ich war wieder arbeitslos. Trotz dieser belastenden Situation war der Sommer einfach phantastisch. In meinen Tagebuch-aufzeichnungen von damals kann ich heute noch lesen, dass es wohl das Aufregendste war, was ich bis dato erlebt hatte. Zelten war in diesem so schön langanhaltend heißen Sommer ganz groß angesagt. Erst verbrachten wir in kleiner Clique ein paar Tage in einem nahegelegenen Kurort, dann ging es zwei Wochen mit einer Freundin an die Ostsee, danach für ein paar Tage auf einen Zeltplatz an die Müritz, von dort zurück zum Schwarz-Campen an die Elbe und anschließend zum Segeln nach Bad Saarow, wo wir die Nächte allerdings ohne Zelt, dafür aber auf dem Boot verbrachten. Ich kam immer nur nach Hause, tauschte die Klamotten und fuhr sofort wieder weiter.

📖»Die Nächte werden zu Tagen und die Tage zu Nächten. Viele Menschen, viel Sonne, viel Alkohol, viel Musik – und viel Paul. Du bist immer irgendwie mit dabei, manchmal real und manchmal nur in meinem Herzen. Wir haben es eilig, etwas zu erleben und kosten so das Leben in vollen Zügen aus. Der ganze Sommer ist eine einzige Party.«📖

Alles hat ein Ende

Doch jede Party geht einmal vorüber – so blieb auch dieser Sommer nicht ewig. Und es folgte das Unausweichliche – ein neuer Lebensabschnitt für viele, zumindest für etliche, mit denen ich so meine Zeit verbrachte. Ihre Schulzeit war vorbei und die Lehrzeit begann. Die meisten waren ganz euphorisch und gespannt auf das Neue, das überall im Land auf sie wartete. Ihre unterschiedlichsten Berufswünsche brachten zwangsläufig die verschiedensten Ausbildungsorte mit sich. Und so wurde unsere Gemeinschaft geteilt und über das ganze kleine Land verstreut. Von der Ostsee bis ins Elbsandsteingebirge – Greifswald, Schwerin, Berlin, Magdeburg, Leipzig, Dresden. Endlich weg von zu Hause – ein großer Schritt war das auf dem Weg zum Erwachsenwerden. Aber es lag auch Wehmut über diesem ersten großen Abschied und das konnte niemand leugnen.

Ich weiß heute noch genau, wie der August damals endete, denn es waren für mich die schlimmsten und vor allem unerträglichsten Tage, die ich seit meiner ersten Begegnung mit Paul erlebte, und alles nur, weil er auch wegging. Paul begann zwar keine Lehre, dafür wechselte er seinen Ausbildungsort. Innerlich wehrte ich mich mit Händen und Füßen gegen diesen Gedanken. Ich wollte ihn nicht verlieren, nicht an diese neue Stadt, nicht an sein neues Leben. Ich konnte nicht mehr ohne ihn sein. Auch wenn zwischen uns, außer zu viel Nähe, nichts Wirkliches lief, war sein Dasein, seine Anwesenheit mein Lebenselixier. Er war immer erreichbar für mich. Ich wusste genau, wo ich suchen musste, wenn ich ihn brauchte, wenn mir danach war, ihn einfach nur zu sehen. So unkompliziert gestaltete sich unser Alltag – bis zu diesem vorletzten Sonntag im August. Und so, als wäre es gestern erst gewesen, sehe ich Paul noch bei uns zu Hause in der Tür stehen. Eigentlich habe ich diese Augenblicke geliebt, wenn er so überraschend bei mir vorbeischaute. Meistens blieb er länger. Wir haben dann auf dem Balkon gesessen, geraucht, Musik gehört, in alten Fotos gestöbert und gequatscht. Manchmal hat er sich mein Cello geschnappt und so getan, als ob er damit spielen könnte. Doch an diesem Sonntag war es anders, denn er kam, um sich zu verabschieden, und ich wollte das nicht. Ich boykottierte seine gute Laune, sein Lachen, vor allem diese nette Geste, extra noch mal bei mir vorbeizuschauen. Denn es tat einfach nur weh, ihn dort so stehen zu sehen, so aufgewühlt und euphorisch. Dabei ließ er mich doch im Grunde zurück – das war mein ganzes Unglück. Und er, er konnte es nicht verstehen. Wie sollte ich mich mit einem fröhlichen Gesicht von ihm verabschieden? Was wäre gewesen, wenn ich ganz überraschend das Land hätte verlassen müssen? Ich besaß zwar meine oder vielmehr seine verbindliche Unverbindlichkeit und darüber hinaus noch eine gute Freundschaft, aber ich wollte doch eigentlich etwas ganz anderes. Und jegliche Basis dafür schwand in diesen letzten Minuten mehr und mehr in meiner Vorstellung und ließ mich innerlich erstarren.

📖»Woran sollte sich jetzt meine Hoffnung noch klammern, wenn alle Träume von den anbrechenden Tagen einfach so verschluckt wurden?«📖

Kein nettes Wort kam über meine Lippen, keine guten Wünsche für den neuen Start, nichts. Irgendwann begann sich eine Stille um uns herum auszubreiten, die von Sekunde zu Sekunde mehr an fundamentaler Existenz gewann. Paul kapitulierte schließlich vor meiner Traurigkeit und ließ mich mit meinem Kummer und der Eiseskälte in mir allein. Alles, was blieb, war ein verlorenes »Tschüss«.

Am Abend trafen wir uns noch mal in der Kneipe im Park. Die meisten waren ein letztes Mal gekommen. Sie redeten, philosophierten, qualmten, lachten – ich nicht, hatte doch der Abschiedsschmerz immer noch diese hypnotisierende Wirkung auf mich. Und so isolierte mich diese Trancephase, in der ich schwebte, von der Aufgewühltheit und der Freude, die überschwänglich den Raum füllten. Das Gelächter, die strahlenden Augen, die Euphorie, alles prallte an mir ab, so als hätte ich um mich herum einen Schutzwall errichtet. Grenzte mein Verhalten auch irgendwie an Selbstzerstörung, wusste ich doch genau, warum ich mir das antat. Ein letztes Mal wollte ich Pauls Blick einfangen, über der Heiterkeit der anderen ein letztes Mal ein Luftschloss entstehen lassen, in das ich von nun an meine Träume einsperren konnte, doch er gab mir keine zweite Chance. Als er weg war, ging ich auch, unendlich traurig, haltlos, kopflos. In meinen Gedanken sah ich ihn überall zum letzten Mal und spürte dabei gleichzeitig diese Leere, die er bereits hinterließ. Meine ganze kleine Welt schien von diesem Moment an langsam in tausend Einzelteile zu zerbrechen, und nichts und niemand konnte es verhindern.

📖 »Diesen Sommer 87 bringt uns keiner mehr zurück. Alles ist vorbei, die Ungezwungenheit, der Übermut, die Sorglosigkeit und die Gemeinschaft. Vorüber sind die kühlen Brisen am Morgen, die uns ermunterten, uns neugierig machten auf den neuen Tag. Doch was brachte er? Eine staubig-trockene Mittagshitze, die uns lediglich daran erinnerte, dass uns wieder mal die Nächte fehlten. Geblieben ist ein lauer Abendwind, der nicht aufhören kann, davon zu erzählen, wie wir gemeinsam irgendwo beisammensaßen und die Tage ohne Eile ausklingen ließen, einen um den anderen. Auch wenn ich mir noch so sehr Mühe gebe, ich kann mir einen Alltag ohne dich, ohne diesen Sommer einfach nicht vorstellen. Und wie und wo soll ich von nun an meinen ›Paul-ich-liebe-dich-Akku‹ aufladen? Ich versuche, die letzten Augenblicke mit dir für immer festzuhalten, aber es will mir nicht gelingen. Die Erinnerungen laufen wie Sand durch meine Hände. Nie mehr Mittagessen zusammen bei Janny, kein ›Ich wünsch dir einen schönen Tag!‹ an einem gewöhnlichen Morgen oder ein ›Bis später!‹ im Vorbeifliegen, keine übermütigen Panthenolsprayschlachten mehr an langweiligen Nachmittagen, so als hätte dich etwas von jetzt auf gleich aus meinem Leben gerissen, und dabei scheint mir der Atem auszugehen. Nichts wird jemals wieder so sein wie dieser Sommer, und egal was kommt, ich habe Angst davor, und daher will ich mich nicht trennen, keinen Abschied nehmen – ich will einfach nicht und ich will diesen Tod nicht sterben.«

Neue Wege

Paul fuhr, ich blieb – und so starb ich ihn doch, diesen Tod, der mir statt Erlösung nur die reine Verzweiflung brachte. Da war nichts mehr, wonach ich strebte zu sein. Die Sonne ging mit jedem neuen Tag auf und abends wieder unter, doch ich sah keinen Sinn mehr darin. Und diese gähnende Leere, die sich wie Kaugummi durch die dahin schleichenden Stunden zog, schien mich regelrecht zu erdrücken. Um mich abzulenken, stürzte ich mich mit Macht in meine neuen beruflichen Aufgaben, welche diese kirchliche Einrichtung in der Kreisstadt wieder vorgab – denn sie stellten mich erneut ein, und diesmal nicht als Praktikantin, sondern als alleinige Betreuerin der Vierjährigen. Endlich wieder eine Arbeit, eine eigene Wohnung, ein anderes Umfeld, und dennoch half das nicht über meine tiefempfundene Traurigkeit hinweg. Aber irgendwie ging auch die erste Woche vorbei, denn das hat die Zeit glücklicherweise nach wie vor so an sich, sie vergeht einfach.

Die meisten von uns kehrten am Freitag, dem 4. September ganz aufgewühlt wieder nach Hause zurück. Es gab so viel Neues, was das Leben von nun an bestimmte, und viele ließen euphorisch die Eindrücke der ersten Woche unbeirrt raus. Wie eine Flut kamen die Informationen. Von allen Seiten umspielten sie unsere Ohren und ich, mitten in diesem Wiedersehensstrudel, stand da und versuchte mich irgendwie zu freuen, denn immerhin kam Paul auch wieder. Doch meine Wiedersehensfreude war kleiner als die Angst in mir. Vielleicht machte ihn der Neubeginn in der Hauptstadt zu schnell zu einem anderen Menschen, zu jemandem, der unser Provinzdasein und auch mich möglicherweise einfach so hinter sich ließ, um sich ausschließlich auf das neue Leben in Berlin zu konzentrieren – das wollte ich nicht miterleben.

Und ich erinnere mich heute noch genau. Kurz bevor ich Paul an diesem Freitagabend traf, empfing mich meine Mutter zu Hause, und das so richtig strahlend, mit den Worten: »Du hast Post von Paul!« Damit hatte ich nun wirklich nicht gerechnet. Das war so wie ein Wunder, eine Insel, ein Regen auf trockene Erde – für mich war das einfach das Größte.

✉ 31. August 1987:

Hallo Marie, vor sieben Stunden hier angekommen und gleich ein paar Zeilen an dich. Doch bevor ich mit Berlin beginne, erst noch kurz zu Leipzig – meinem zweiten Zuhause. An die fünfundzwanzig Stunden haben wir (meine Schwester, mein Cousin und ich) in der neuen Wohnung gearbeitet. So ein Innenausbau ist echt anstrengend. Wände fallen, Dielen werden neu verlegt, Fenster ausgewechselt usw. Dafür haben wir es uns abends aber immer richtig gut gehen lassen. Wir waren oft im Kino. »Beverly Hills Cop«, »Jenseits von Afrika«, diese Filme musst du dir unbedingt anschauen. Ach halt, eine Nacht verbrachten wir vier Stunden auf der Hauptpost und warteten auf ein Ferngespräch aus Stuttgart. Das war ein Abend, der weniger toll verlief. Und dann hatte ich noch diese Begegnung mit dem Neumann, dem Nachbarn unter uns. Mein Cousin hatte mir schon manchmal was von diesem Choleriker erzählt – jetzt hatte ich auch mal das Vergnügen. Er hat doch tatsächlich seine Drohungen wahr gemacht und die Polizei geholt, wegen des Baulärms, doch die waren dann letztendlich auf unserer Seite. Das ist echt schon ein armer Typ, so ein klassischer Assi, du weißt schon, wie unser Hausmeister damals in der Schule, dick, fettige Haare, verlebtes Gesicht, schwerfälliger Gang, immer im selben zu kleinen blauen Trainingsanzug, graues Unterhemd und die Füße in diesen braunschwarzkarierten Pantoffeln. Mein Cousin behauptet immer, dass der Neumann für die Stasi arbeitet. Und jetzt wird er durch unseren Krach bei seiner Abhörtätigkeit gestört und macht deshalb diese ständigen Schwierigkeiten.

Nun aber zu Berlin. Um 13 Uhr bin ich heute hier angekommen, dann gleich ins Wohnheim – altes Bürgerhaus, fünf Stockwerke und es wohnen ungefähr neunzig Abiturienten hier. Die Erzieher, die uns betreuen, nehmen alles nicht so genau. Was ein Glück auch. In meinem Zimmer (Pech, wie ich habe) sind die idiotischsten Typen, voll die roten Socken, so tausendprozentige, na du weißt schon. Aber eine Tür weiter sind zwei urst in Ordnung, mit denen verstehe ich mich ganz gut. Morgen geht's dann gleich zur Schule. Sie ist nur eine Straße weiter, gegenüber eine Disco, nebenan eine Kneipe, schöne Läden, nahe am Zentrum und mit Blick auf den Fernsehturm. Jetzt weiß du, wie es um mich herum aussieht. Es ist echt irre, hier ist alles in Bewegung, als ob das richtige Leben nur hier stattfindet, und ich bin mittendrin. So, für heute mache ich erst einmal Schluss, denn ich bin so richtig müde und falle gleich ins Bett. Ich wünsche dir eine schöne Woche und einen guten Start mit den Kindern. Wir sehen uns bestimmt am Wochenende. Es grüßt dich ganz lieb Paul

PS: Bestelle Anne, wenn du sie triffst, einen Gruß von mir. ✉

Wie eine Sternschnuppe, die ungewöhnlich langsam an mir vorüberzog, erreichten mich seine Zeilen. Zunehmend angesteckt von überschwappender Glückseligkeit, analysierte ich dann Wort für Wort, um alles, was da so ganz überraschend vor mir lag, mehr werden zu lassen. Waren seine Beschreibungen für Außenstehende eher nichts sagend, so hatten sie doch für mich eine unglaubliche Bedeutung. Es war das erste Mal etwas ganz Persönliches von Paul, ganz individuelle Eindrücke und ein paar Gefühle. Dieser Brief war auch deshalb so besonders, weil man sich nicht unbedingt zwischen Montag und Freitag schrieb, wenn man sich am Wochenende sowieso irgendwo traf, und daher war das hier mehr, als es zu sein vorgab – alles für mich ganz allein. Ich sah es als einen unendlichen Besitz. Und am Ende meines ganzen Besitzes stand dann diese »Anne«, meine neue Freundin.

Wir lernten uns im Sommer auf einer der vielen Feten draußen am Weiher kennen. Anne war frech, dynamisch, laut, lustig und sie tat mir unglaublich gut. Bis zu dem Zeitpunkt, in dem sie sich in Paul verliebte. Es war wie ein Messerstich von hinten, als sie mir das erste Mal von ihrem Herzbuben erzählte. Ich war nur froh, dass Anne nichts von meinen Gefühlen für Paul wusste. Zum einen kannten wir uns noch nicht lange genug und zum anderen ging ich mit meinen Liebesangelegenheiten nicht hausieren. Eine ganze Nacht lang redete sie von nichts anderem, von seinem Lachen, den Augen, der Unnahbarkeit, dem Charme. Ungehemmt und vor allem euphorisch sprach sie über all das, worüber verliebte Mädchen so reden. Ich war auch verliebt und ich hätte ihr noch so viel mehr erzählen können, aber von dem Moment an war »Paul« in ihrer Gegenwart überhaupt kein Gesprächsthema mehr für mich. Das Einzige, was mir wirklich noch dazu auf der Zunge lag war: »Toll, willkommen im Club!« Aber diesen Satz behielt ich dann doch lieber für mich. Lange spürte ich in dieser Nacht ein mir fremdes Unbehagen. Irgendwann nach ihren stundenlangen Monologen schlief Anne ein und ich, ich saß da, trottelig wie ein Schaf, und schaute in das Dunkel vor unseren Fenstern, an denen vereinzelte Autoscheinwerferlichter vorüberhuschten. Ich mag das, dieses Wandern des Lichtschweifs von der einen Seite des Raumes bis hin zur anderen. Aber in dieser Nacht fand ich das kurzzeitige, streifenförmige Aufleuchten der Wände einfach nur lästig. Ich wollte Ruhe finden, nachdenken, alleine sein mit mir und mit der Dunkelheit dort draußen. Und dabei schwieg ich weiter vor mich hin. Schweigen war letztendlich alles, was ich in dieser Nacht konnte, schlafen, das ging irgendwie nicht.

Anne war im Bereich ihrer Ausbildung in einer nicht so einfachen Situation. Zwar befand sie sich ganz in unserer Nähe, aber dennoch in weitaus abgelegenerer Provinz, als wir sie gewohnt waren. So war zum Beispiel ihr Ausbildungsort mit öffentlichen Verkehrsmitteln überhaupt nicht erreichbar. Man bewegte sich dort entweder mit dem Traktor, dem Mofa, dem Fahrrad oder eben zu Fuß weiter. Für Anne hieß das immer an die 5 Kilometer von der letzten Bushaltestelle marschieren, bis sie ihr Ziel erreichte und ihr Ziel war die Kantine eines landwirtschaftlichen Betriebes. Schichtdienst, Wochenenddienst, manchmal musste sie schon um 3 Uhr morgens weg, um rechtzeitig zur Arbeit zu erscheinen – Lehrjahre sind eben keine Herrenjahre, dieser Spruch wurde uns ständig um die Ohren gehauen. Es war jedenfalls immer ein riesiger Kraftakt für Anne, auf unseren Wochenendpartys dabei zu sein. Ich weiß auch nicht mehr so genau, wann es dann passierte, aber ab einem bestimmten Moment tat sie mir mit ihrem ganzen Herzschmerz in diesem vereinsamten Kaff so unendlich leid, dass ich nicht wie bisher weitermachen konnte. Vor allem musste ich Pauls offene, ungezwungene Art mir gegenüber irgendwie stoppen. Ich wollte nicht mehr, dass er einfach so bei mir zu Hause auftauchte. Es fühlte sich an, als würde ich Anne hintergehen, und das bei jedem Blick, den er mir zuwarf, bei jedem Lachen, bei all den Albernheiten. Ich konnte sie nicht mehr genießen, seine unnahbare Nähe, wie ich sie gerne nannte, denn ich hatte einfach nur noch Angst, Angst davor, Anne würde dahinterkommen. Aber hinter was? – Hinter meine Feigheit natürlich! Ich musste dieser Wahrheit zuvorkommen. Und so entschied ich mich zum ersten Mal gegen meine Gefühle für Paul und trat im übertragenen Sinne aus dem »Club« aus. Ich war auch nicht der Typ für Rivalitäten und Machtkämpfe, und Kraft und Ausdauer hatte ich für so etwas sowieso nicht, also räumte ich der Einfachheit halber das Feld. Aber Paul wollte ich meine Distanz wenigstens erklären. Doch er verstand es nicht. Er wurde sauer, richtig sauer und würdigte mich keines Blickes mehr, so als ob ich gar nicht existierte. Und wie weh das tat, seine Ignoranz, die ich heraufbeschworen hatte und nicht wieder wegzaubern konnte! Ich wollte ihn doch gar nicht vertreiben, ich wollte nur nicht mehr zwischen diese Fronten geraten.

📖»Es war so ein toter Herbst, der sich ausbreitete. Mit einem Mal war es überall kahl, kalt, nass, richtig trostlos um mich herum. Deprimierende Tage folgten einander ohne Hoffnung auf Besserung. Vielleicht wollte ich sie aber auch nicht sehen, die bunten Farben dieser Jahreszeit.«📖

Um die Situation zwischen uns etwas zu entschärfen, oder vielleicht auch, um sie für mich einfach nur erträglicher zu machen, schrieb ich Paul Briefe, viele Briefe, denn nur so blieb er trotz seiner Abwesenheit noch erreichbar. Einen Vorteil hatte das Ganze. Ich musste ihm nicht mehr in die Augen sehen bei all dem, was ich ihm erzählte. Und das allein machte es mir so unglaublich leicht, alles bei ihm abzuladen – alles was mich bewegte, ergriff, erfreute und auch das, was mir Sorgen bereitete. Stück für Stück konstruierte ich mir so einen neuen Paul, eine nahezu fiktive Person, und obendrein noch in einer Anne-freien Zone. Und irgendwann, was für ein Glück, war Pauls anfänglicher Zorn vorüber und es kam auch wieder Post von ihm.

✉ 16. November 1987:

Hallo Marie, endlich finde ich mal Zeit, deine lieben Briefe zu beantworten. Der erste Tag der Woche ist rum und er war echt stressig, zumindest in der Schule – viel Neues, was mich nicht interessierte und dennoch meine ganze Aufmerksamkeit forderte. Der heutige Abend beim Jazz brachte mir dafür einen guten Ausgleich. Morgen steht eine Fete im Nikolai-Keller an, am Mittwoch ist wie gewöhnlich Disco im Alpha, am Donnerstag dann der Hausreinigungstag und Freitag früh raus, arbeiten und ab nach Hause – immer der gleiche Trott, vier Tage Schule, abends immer Party, freitags in die Produktion – das war's. Am Anfang war alles noch richtig spannend und jetzt hat sie mich schon erwischt, die Routine. Hätte nicht gedacht, dass das so schnell geht. Hier in Berlin kaufen jetzt alle wie verrückt Roger-Whittaker-Platten. Du kennst ja die Euphorie, wenn es mal etwas außer der Reihe gibt, nur in Berlin ist das gleich viel, viel extremer. Man trifft kaum jemanden, der nicht mit einer AMIGA-Tüte in der Stadt herumläuft, durch die das grinsende Gesicht dieses Briten durchschimmert. Was macht die Arbeit? Warst du viel mit Tommy unterwegs? Ach ja, eh ich es vergesse, wenn du am Freitag zur Disco gehen solltest, sage Tommy bitte, er soll an die Karte für mich denken. Ich habe keine Zeit, weil wir zu Hause Besuch bekommen. Morgen um 8 Uhr schreiben wir übrigens die erste große Klassenarbeit und ich habe noch nichts getan. Jetzt ist es eh zu spät, denn es ist mittlerweile schon nach elf, und ich werde hier von den »Roten« immer ermahnt, das Licht auszumachen. Also, bevor es noch Ärger gibt, sage ich dir Tschüss und verschiebe das Lernen auf morgen früh. Sei lieb gegrüßt Paul ✉

Pauls Briefe kamen, doch leider viel zu selten. Aber ich war froh, dass er überhaupt Zeilen an mich verschickte. Es war ja schließlich das Einzige, was mir noch von ihm blieb, und so war ich glücklich, mittels fader Beschreibungen noch an seinem Leben teilhaben zu dürfen. Die Sache mit Anne hingegen entwickelte sich zögerlich zur kleinen Katastrophe. Anfangs glaubte ich doch tatsächlich, ich hätte alles im Griff und könnte Herz und Verstand separieren, doch wer kann das schon. Es tat immer mehr weh, wenn Anne von ihren Gefühlen für Paul sprach und von den Begegnungen mit ihm erzählte. Allein der Gedanke ließ mich innerlich platzen – sie traf ihn da draußen irgendwo, einfach so ganz ungezwungen, und mir ging langsam der Atem aus.

Es dauerte nicht lange, bis die Unerträglichkeit dieser Situation meine absolute Schmerzgrenze erreichte und ich mich völlig planlos neben meiner eigentlichen Spur bewegte. Regelrecht orientierungslos galoppierten meine Gefühle mit mir im Schlepptau mit zunehmender Geschwindigkeit durch den so ganz anderen Alltag und kollidierten unaufhörlich mit dem Problem Anne und der von Paul hinterlassenen andauernden Leere. Ich fühlte mich wie in einen Strudel hineingerissen, in dem ich mich drehte und drehte ohne Anfang und Ende, ohne einen Schimmer Hoffnung, dass das je wieder aufhörte. Und irgendwann war ich mir ziemlich sicher, dass niemand mal eben so vorbeikommen würde, um mich aus diesem Wahnsinn zu befreien. Nur ein Weg führte mich aus dem Dilemma wieder heraus. Es war ein neuer Weg, und ich nannte ihn den »Weg von ihm weg« – von Paul weg. Das, was ich da unter meine Füße nahm, war wie ein dunkler Tunnel, unüberschaubar, fremd, beängstigend und somit nicht gerade einladend, doch ich sah es als die Chance, wieder neu zu beginnen. Und so orientierte ich mich mit Gewalt um, verbrachte die Wochenenden mit anderen Freunden oder fremden Menschen und machte mich Paul und auch Anne gegenüber so richtig rar. »Verdrängung« hieß meine neue Strategie, die mich fortbewegte. Und was ich mir davon versprach? Eigentlich nur das eine, über diese Gefühle hinwegzukommen.

Die erste Zeit ohne Paul schoss wie im Flug an mir vorbei, und innerlich feierte ich jedes Wochenende, an dem ich ihn nicht traf und es dennoch überlebte, wie einen riesigen Etappensieg. Ganz zielstrebig und dynamisch war ich auf neuen Wegen unterwegs und das, was in meinem Herzen von ihm noch blieb, packte ich in ein kleines Päckchen und versteckte es. Doch im Grunde war es eine Lüge, alles, der neue Weg, meine Abgeklärtheit, die neuen Ziele, die anderen Leute. Für mich gab es nach wie vor nur einen Menschen, dessen Briefe selbst im Winter wie warmer Sommerregen auf mich niederprasselten und mein aufgebrachtes Herz beruhigten.

✉ 5. Januar 1988:

Hallo Marie, der Sonntag war so dermaßen frustig, die Ferien vorbei, Weihnachten und Silvester waren auch schon mal besser. Kannst du dich noch an letztes Jahr erinnern? Ich weiß auch nicht, was ich erwartet habe, jedenfalls fand ich die letzten Wochen und den Start hier nicht so zufriedenstellend. In Berlin geht das neue Jahr genauso weiter, wie das Alte aufgehört hat. Na ja, und da haben wir am Sontag gleich einen gehoben, lässt sich so besser ertragen, das ganze Drumherum. Ich war dann ziemlich hinüber. Gestern hatte ich keine Zeit zum Schreiben. Ich war zum Pförtnerdienst im Wohnheim eingeteilt,

Ausweise abhaken und so weiter. Daher heute erst ein paar liebe Grüße aus dem kalten Berlin. Ich komme übrigens gerade aus dem Film »Der Name der Rose«. (Keine Angst, es ist nicht wieder nach 23 Uhr, ich war in der 17-Uhr-Vorstellung.) Ziemlich brutal dieser Film, nicht irgendwie simpel brutal, sondern hoch kompliziert. Man kann dabei keine Minute abschalten, weil man sonst den Faden verliert. Ist schon sehr empfehlenswert, nur empfindlich darf man nicht sein. Gleich werden ein Kumpel und ich ins Kisch-Café gehen, wird bestimmt ganz gut. Musst du unbedingt mal hin, ist echt kultig – und so dicht am Tor zur großen weiten Welt. Am Sonnabend ist ja zu Hause Disco. Ich hoffe, wir sehen uns mal wieder, ist schon so lange her. Bis dann Paul ⊠

Berlin

Immer seltener ließ ich mich zu Hause blicken und füllte meine freie Zeit an den Wochenenden mit Verabredungen und Terminen, Terminen und Verabredungen. Nur um nicht alleine zu sein, um nicht daran denken zu müssen und vor allem, um diesen Herzschmerz nicht zu spüren. Unser Land war klein genug, um die unterschiedlichsten Orte mit den verschiedensten Bekannten mal eben so zwischen Freitag und Montag zu bereisen, aber am häufigsten traf ich mich mit meiner Freundin Steffi in Berlin.

Über dreißig Jahre kenne ich sie nun schon. Wir wurden zusammen eingeschult, und obwohl sich mit zehn unsere Wege für immer trennten, schaffen wir es irgendwie bis heute, Kontakt zu halten. Mit fünfzehn stolperten wir dann am Alex über Carsten und seinen Freund Dirk. Von da an sahen wir uns alle vier ziemlich regelmäßig in der Hauptstadt. Genau gegenüber vom Fernsehturm, in einer dieser modernen Plattenbaureihen hatten wir damals durch Carstens Eltern ein einzigartiges Quartier. Immer im Mittelpunkt des Geschehens, ließen wir von dort aus diese laute und bewegte Stadt mit ihren tausend Gesichtern und unzähligen Lichtern ungehindert auf uns wirken. Cafés mit französischem Kaffee und Tageszeitungen, Kinos mit den neuesten Filmen, Kneipen mit Öffnungszeiten bis in die Morgenstunden, Ausstellungen mit immer wieder den gleichen unterschwelligen antisozialistischen Kernaussagen, eine einzigartige Architektur, die uns daran erinnerte, dass es noch eine Zeit vor dem Sozialismus gab, und bereitwillig folgten wir dem Rausch dieser fremden Faszination. Nur dort begegneten wir diesen anderen Menschen, den Touristen aus so vielen unterschiedlichen Ländern, die es vermochten, neben ihren Devisen auch die Farben der Welt in unsere grauen Betonwüsten zu bringen. Nur hier traten Musiker aller Kontinente auf, die sonst niemals die übrigen circa hunderttausend Quadratkilometer des Landes betreten hätten, vielmehr hätten betreten dürfen. In den Kinos wie International und Metropol liefen Filme, die im Rest des Landes kaum zu sehen waren, denn nur Berlin öffnete Jahr für Jahr ein wenig mehr die Pforten, um einen Hauch der fernen freien Welt zu uns hineinzulassen, die sich sonst hinter den Mauern vor den Menschen im Osten versteckt hielt. Unsere Hauptstadt bemühte sich zum damaligen Zeitpunkt wirklich, das Nonplusultra zu sein, weil sie sich am Takt der Zeit orientierte, während im übrigen Land die Uhren stillstanden und das schon fast vierzig Jahre. Hier konnte man sie fühlen, erleben, ihr nachspüren, weil sie hier begann, die Dekadenz!

Ob es die Beuys-Ausstellung war, die wir nie besuchten, oder Jackson am Reichstag, von dem wir nur die Vorgruppe mitbekamen – allein mit dabei zu sein und der Möglichkeit zu begegnen, selbst zu entscheiden, das fühlte sich besser an als unser Leben in einer für immer vergessenen Provinz. Und so gab es unzählige Vorwände für ein Treffen in der einzigen DDR-Metropole. Routiniert starteten wir unsere Zeit dort immer mit einer obligatorischen Runde. Vom Egon-Erwin-Kisch-Café am Brandenburger Tor ging es in den Palast der Republik, anschließend am Nikolaiviertel vorbei, über den Alexanderplatz, durchs Centrum-Warenhaus und zuletzt rauf auf den Fernsehturm, um über die Mauer zu blicken. So begrüßten wir die Stadt und tauchten dann für wenige Stunden in ein Leben ein, das uns alle den Alltag vergessen ließ.

Obwohl ich mich zu dieser Zeit mit aller Macht gegen mein Herz entschied, verging kein Tag, an dem ich nicht an Paul dachte, oder um es deutlicher zu sagen, es waren nur wenige Stunden, in denen ich ihn nicht zum Mittelpunkt meiner Gedanken werden ließ. Der Alltag ohne ihn gestaltete sich schwerer, als ich anfangs vermutete, und so zog es mich mehr denn je an die Orte, an denen er die meiste Zeit verbrachte. Berlin half mir in Sachen »Sehnsucht«. Ob im Kisch-Café, auf den großen Alleen, in der S-Bahn oder im Kino: Paul war mir in dieser Stadt so unglaublich nah, eine Nähe, die ich bei einem beiläufigen Treffen zu Hause nie gefühlt hätte. Und so wurde mein mir selbst auferlegter Verzicht irgendwie erträglicher.

Zeit, die nie vergehen wollte

Paul hatte es in einem seiner Briefe bereits erwähnt. Es dauerte nur einige wenige Wochen, bis die anfängliche Euphorie bezüglich der neuen Wege – weit weg von zu Hause – vorüber war. Was blieb, war eine endlos anhaltende Arbeitswoche, in schmerzlicher Distanz zur Heimat, und ein gewisser Hauch von Heimkoller. Eine nüchterne Zeit, die unabänderlich von Sonntag bis Freitag anhielt. Es gab so einige bei uns, die anfangs nie vermutet hätten, so gerne Woche für Woche wieder nach Hause zurückzukehren, und daher wurde der Freitag jedes Mal wie ein großes Fest gefeiert. Bereits im Zug in Richtung Heimat, der mit jedem Halt mehr von uns einsammelte, wurden Pläne geschmiedet für die zwei anstehenden Abende, – Partys sollten helfen, die Arbeitswoche mit ihrer Last zu vergessen.

Am dritten Abend holte uns dann unser Alltag wieder ein. Ich erinnere mich noch genau an diese schrecklichen Sonntage, an denen wir wie verloren auf dem vereinsamten Bahnsteig standen und den Zug erwarteten, der uns wieder über das ganze kleine Land verstreute. Vollgepackt unsere Reisetaschen und an uns klebend ein Heimweh, das wir nie zuvor vermutet hätten. Deprimierte Blicke warfen wir einander auf dem Vorplatz zu, wissend, dass wir alle das gleiche Los zu tragen hatten. Letztendlich musste sich jedoch jeder alleine mit dem Gespenst Abschied auseinandersetzen.

Durch meine Reisen am Wochenende entzog ich mich der Freitageuphorie und manchmal auch dieser Gewalt des Sonntags, indem ich mich erst am Montagmorgen um 5 Uhr zur Arbeit aufmachte. So reduzierte ich die Woche wenigstens um eine Nacht. Am Montagabend, nach dem Cellounterricht, packte ich meine Reisetasche aus, dienstags um 15 Uhr fuhr ich nach Magdeburg zum Russischunterricht, mittwochs hatte ich Französisch an der Volkshochschule, donnerstags war Hausreinigungstag und am Freitag ging es dann wieder nach Hause oder sonst wohin. Immer der gleiche Trott und immer wieder das gleiche Runterreißen der Woche in der Hoffnung, dass sie schneller vergehen möge als all die Wochen zuvor.

📖»Mein ganzes Dasein besteht nur aus warten. Warten auf die Ausreise, warten auf die Wochenenden, und wenn ich ehrlich bin, warte ich auch insgeheim noch auf dich. Immer nur warten, warten, warten. Und ich habe keine Geduld mehr. Die ins Nichts dahinschwindende Zeit macht mich immer trauriger, und mit jedem vergangenen Tag sinkt die Hoffnung, dass sich in meinem Leben jemals etwas ändern wird. Doch jetzt habe ich etwas gefunden, das mir wenigstens hilft, die Arbeitswoche zu verkürzen. Montags kann ich im Grunde schon sagen: Übermorgen (Mittwoch) kann ich sagen, dass es übermorgen (Freitag) nach Hause geht.«📖

An den wenigen Wochenenden, die ich doch zu Hause verbrachte, lief ich Paul selten über den Weg. Wenn überhaupt, dann traf ich ihn in Discotheken. Und was macht man in lauten, verrauchten, überfüllten Discotheken? Man tanzt. Paul und ich, wir haben damals oft zusammen getanzt, auch in dieser Zeit, trotz der Funkstille, und manchmal auch einen ganzen Abend lang. Das war nichts Ungewöhnliches. Und was mich betraf, so sah ich mich irgendwie dazu verdonnert, diese Art der körperlichen Nähe zu ihm einfach nur auszuhalten. Dabei gewöhnte ich mich an sein Taktgefühl, seinen vorsichtigen Händedruck, an die Höhe seiner Augen, an den Geruch und das Kitzeln seiner Haare, einfach an alles, was mir diese Nähe zu bringen vermochte. Nur wenn Anne auftauchte, gingen wir wie in einem abgekarteten Spiel wieder auf Distanz, so als ob die Musik von jetzt auf gleich verstummte. Und es fiel niemandem auf, das war das Beste daran. Allerdings bremste mich diese Nähe zu ihm an solchen Abende auf meinem »Weg von ihm weg« richtig aus und mein eigentliches Ziel schien für Stunden an Bedeutung zu verlieren. Erst am darauffolgenden Morgen war mir klar, dass ich wieder ganz von vorne beginnen musste loszulaufen, und das tat weh.

📖»Was würde ich dafür geben, am Rad der Zeit drehen zu dürfen, was würde ich dafür geben, einen Sprung in die Zukunft zu tun. Aber nichts von dem ist mir möglich. Ohnmächtig durchlebe ich die Tage, einen nach dem anderen. Sie vergehen tatsächlich, dabei könnte ich schwören, die Zeit steht still.«📖

Meine Heimat

Die DDR war ein Land, in dem der Mensch über allem und vor allem im Mittelpunkt stand. Er wurde nach sozialistischem Maßstab gehegt und gepflegt vom Säugling an, bis es sich nicht mehr lohnte. Es war ein Staat, der alle Lebensbereiche seiner Bürger betreute. Der, von Marx und Lenin inspiriert, die Lieder, die Bücher, die Interessen, die Arbeit, die Wohnverhältnisse, der einfach alles vorgab – abgefüllte Wünsche für achtzehn Millionen Bürger und nichts darüber hinaus. Die Menschen fühlten sich sicher und gut versorgt unter Hammer und Zirkel im Ährenkranz. Ohne zu wissen, was wirklich dort passierte, trottete ein ganzes Volk dieser sozialistischen Ideologie in Reih und Glied hinterher.

📖 »Ich träume nicht den Traum eines ganzen Volkes, denn ich habe meinen eigenen Traum! Darin will ich mein Leben selbst gestalten und meinem Dasein einen individuellen Sinn geben. Ich möchte selber bestimmen, wer ich einmal sein werde und wohin mich mein Weg führen soll.« 📖

Das Leben in diesem Land war nicht das schlechteste, wenn man sich an die Regeln hielt. Aber ab und zu traf man auch auf »die Anderen«. Sie konnten und wollten sich nicht dem Regime unterordnen und streuten, nach Veränderungen strebend, gesellschaftskritische Gedanken unter das Volk. Der Staat sah sie als Gefahr für das System. Und damit sie letztendlich nicht mit ihren Überlegungen eine Diktatur offenlegten, die sich seit Jahrzehnten unter einem sozialen Deckmantel versteckte, mussten sie weg. Sie verschwanden, ohne dass jemand nach ihnen fragte. Manche tauchten später im Westen wieder auf, manche nie mehr. Mir machte das Angst.

»Unsere Kraft liegt im Aussprechen der Wahrheit.« (W. I. Lenin)

»Mein Schrei ist so laut, doch es ist nichts zu hören. Ich bekomme keine Luft mehr, doch man sagt, du hast keinen Grund zu stöhnen. Meine Tränen werden zu einem reißenden Strom, aber die Erde selbst ist so durstig, dass man auch davon nichts sieht.

Die Sonne kann ich schon lange nicht mehr sehen. Ich habe mein Lachen verloren und stehe mit beiden Beinen fest in der Luft. Frage: Wie lange kann sie mich noch halten?«

Streit – eine neue Art unserer Kommunikation

Erst verloren die Wochen in der Ferne ihren Reiz, und wenig später hielten die so innig herbeigesehnten Wochenenden auch nicht mehr das, was sie anfänglich versprachen. Auf den mittlerweile schon routiniert ablaufenden Veranstaltungen traf man, vor einer sich nicht verändern wollenden Kulisse, bei ständig gleicher Musik, immer auf dieselben Gestalten in den bekannten Klamotten mit ihren unverwechselbaren gelangweilten Gesichtern, – dabei war uns nach so viel mehr!

Der Umgang zwischen Paul und mir spielte sich auch ziemlich schnell ein. Wir sahen uns mehrere Wochen nicht, und ich kam durch gezielte Ablenkungen irgendwie damit zurecht. Trafen wir uns, dann nur, wenn ich vorher genau wusste, dass Anne nicht dabei war. So kam ich wenigstens in manchen Momenten auf meine Kosten in Sachen Herzensangelegenheit. Eigentlich absurd, denn es war ein Widerspruch: das, was ich eigentlich wollte, immer noch fühlte, und das, was ich letztendlich tat.

Und dann schlich sie sich ganz plötzlich ein, diese Handvoll Disharmonie. So als hätten wir die Pforte zu unserem Garten versehentlich offen stehen gelassen und ihr damit für alle Zeiten ungehindert Eintritt gewährt. Und sie brachte uns dazu, nur noch zu streiten. Nach der ersten Auseinandersetzung folgte die zweite, dritte, vierte und so weiter. Wie eine fesselnde Kette zog sich die neue Art unserer Kommunikation durch die immer seltener werdenden Augenblicke, die wir zusammen erlebten. Es waren Kleinigkeiten, wie komische Reaktionen, belanglose Äußerungen, die immer Anlass für einen Disput gaben. Und irgendwann war er dann vorbei, der »Spuk Anne«. Sie verstand das Theater, das wir veranstalteten, noch weniger als ich und begriff schnell, dass die Beziehung zwischen Paul und mir nicht so beiläufig war, wie ich ihr anfangs versuchte einzureden. Es dauerte auch nicht lange und sie verliebte sich in jemand anderen. Ich war damals total erleichtert, als ich im Brief einer Bekannten von Annes neuem Freund erfuhr, denn diese Information vermittelte mir das sichere Gefühl, dass sich mein Verhältnis zu Paul wieder bessern würde. Aber mit Paul war, aus für mich unerklärlichen Gründen, überhaupt kein Auskommen mehr. Es dauerte nicht lange, bis es mir auch reichte und ich es genauso machte wie Anne. Auf Partys zog ich mit unterschiedlichen Leuten los und bekam so die Bestätigung und Zuneigung, die mir Paul immer verwehrte. Dabei passten diese Eskapaden eigentlich nicht zu mir. Dankend nahm ich trotzdem die eine oder andere Ablenkung, ohne groß darüber nachzudenken, an und verschaffte mir so endlich mal ein bisschen Distanz zu Paul. Doch dieser Richtungswechsel sorgte nur für noch mehr Streit zwischen uns. Ich verstand gar nichts mehr, und gepackt von der reinen Verzweiflung, weil ich nicht wusste, wie ich dem Wahnsinn in meinem Herzen und in meinem Kopf entkommen sollte, beschleunigte ich meine Geschwindigkeit auf dem »Weg von ihm weg«.

📖»Was ist das nur für ein Spiel, das du mit mir spielst? Einerseits strafst du mich mit Missachtung und andererseits kannst du nicht aufhören mit diesen Fragen nach dem Warum. Ich werde dir keine Antwort mehr geben. Und ich höre jetzt auf, mich für dich zu verbiegen, nur um dir zu gefallen. Alles aus meinem Zimmer ist verschwunden, alles, was du je gesehen hast, alles, was dir gefallen hat, es ist alles weg. Auch deine Fotos, auf denen du lachst, alle Bilder, die du gerne gehabt hättest. Jetzt erinnern mich diese vier Wände nicht mehr an unsere Begegnungen hier. Deine Briefe habe ich in einem Meer von Briefen verstaut, damit sie an Bedeutung verlieren. Ich möchte die Gedanken an dich in meinem Kopf zerreißen und dich aus meinem Gedächtnis verbannen, damit du mich nicht mehr verletzen kannst.«📖

Yap Island und was ich damit zu tun hatte

✉ 14. März 1988:

Hallo Marie, nach den ersten beiden Wochen, die gut überstanden sind, komme ich endlich wieder dazu, dir zu schreiben. Wir haben ja schon lange nichts mehr voneinander gehört. Morgen geht es wieder in die fürchterliche Schule. Die Prüfungen fangen in den nächsten Wochen an und ich habe noch nicht mal angefangen zu lernen. Die zwei Wochen im Institut in Magdeburg habe ich mehr oder weniger gut überstanden. Eines weiß ich jedenfalls, dass ich da nicht hin will, wenn ich fertig bin. Die Leute sind so dermaßen abgestumpft, das kannst du dir gar nicht vorstellen. Eigentlich bin ich immer noch ziemlich entsetzt über das, was ich dort erlebte, solche Menschen kamen in meinem bisherigen Alltag einfach nicht vor. Ich kann gar nicht verstehen, wie man so wenig Anspruch an das Leben stellen kann. Dann noch der Stress mit der Schicht, der Lärm in den Produktionshallen, noch dazu dieses völlig unkollegiale Verhalten untereinander. Keiner kommt dem anderen in irgendeiner Weise entgegen. Was habe ich mir nur dabei gedacht, als ich mich dafür entschied? Wahrscheinlich gar nichts. Ich hatte ja im Grunde auch keine große Wahl, aber wer hat das hier schon? Der eigene Weg wird doch von oben entschieden. Ich kann im Grunde nur froh sein, dass ich nicht noch zur Fahne muss, wie all die anderen um mich herum. Na ja, lassen wir das. Wie geht es dir? Was macht die Arbeit? Bei dir ist das ja alles bloß noch eine Frage der Zeit. Irgendwann bist du weg. Manchmal beneide ich dich da richtig drum, aber dann sage ich mir: »Paul, du wartest noch auf den großen Knall, dann geht's auf nach Yap Island.«

Letzte Woche hat hier Depeche Mode gespielt. Ich stand eine ganze Weile draußen. Doch als dann der Bus mit der Gruppe ankam und ich von ein paar hundert Teenies halb erdrückt worden bin, dachte ich mir, hier gehst du lieber wieder. Heute habe ich schon eine ziemlich lange Tour hinter mir. War ganz lustig, mit ein paar Bekannten so schön bei Kaffee beziehungsweise Tee zu sitzen und zu erzählen. Am Donnerstag haben wir Karten für »Ödipussi«, das ist der neue Film von Loriot. Wird bestimmt ganz interessant. Am Freitag ist ja Disco im Kulturhaus. Wir werden uns bestimmt sehen! Ich hoffe zumindest, dass du da bist, so könnten sich zum Beispiel meine kläglichen Tanzversuche verbessern. Wann fährst du eigentlich mal wieder nach Berlin? Wollen wir uns nicht noch mal hier treffen? Ich würde mich freuen. Jetzt könnte ich mich ärgern, dass ich nicht beide Jahre in Berlin bin. Berlin und das stinkige Magdeburg sind überhaupt nicht zu vergleichen, aber so geht das eben oft.

Unsere neue Wohnung in Leipzig ist auch bald fertig. Wir, mein Cousin und ich, denken ja, so ungefähr Anfang Mai. In meiner Urlaubswoche im Februar war ich auch drei Tage dort. Am Tage haben wir gearbeitet und am Abend wüst einen draufgemacht. Der Neumann hat sich mittlerweile auch an den Lärm gewöhnt und lässt uns in Ruhe. Um ehrlich zu sein, man hört und sieht ihn gar nicht mehr. Nur nachts, wenn wir von den Partys nach Hause kommen, scheint noch Licht durch die Scheiben seiner Eingangstür, zumindest durch die Schlitze, die das Zeitungspapier zulässt. Im Grunde kann er einem leidtun, aber jeder ist nun mal selbst für sein Leben verantwortlich.

Entschuldige bitte das Briefpapier und die doch sehr schlechte Schrift. Es ist schon wieder nach zwölf, und mit dem Briefpapier, da bin ich schon dabei, neues zu kaufen. So eine rege Phantasie wie du habe ich leider nicht. Bis bald Paul ✉

Ein ganzes Stück weit hatte ich mich auf meinem »Weg von ihm weg« bereits von Paul entfernt, doch irgendwie schaffte ich es nicht, diesen Weg bis ans Ende zu gehen. Und dieser Widerspruch in mir, einerseits Land zu gewinnen, das er nicht mehr betrat, und ihm andererseits immer wieder nahe zu sein, sorgte nicht gerade für einen ausgeglichenen Zustand in mir. Am liebsten wäre ich aus meiner Haut gefahren, aus meinem Leben gesprungen, nur um Paul irgendwie zu entkommen, aber das ging nicht. Stattdessen hieß es für mich, die Zeit auszusitzen und seine manchmal echt lieben Worte einfach über mich ergehen zu lassen. Das sagt sich immer so leicht: »Wenn Schluss ist, dann ist Schluss«, aber mir gelang das nicht. Und so wurden selbst seine Briefe zu meinen persönlichen Siegen, die für Luftsprünge in meinem Herzen sorgten und mir einen Frühling bescherten, wie ich ihn mochte. Der mir, trotz meiner Zerrissenheit, Energie und Lebensfreude brachte, wie ich sie schon lange mal wieder bitter nötig hatte.

Und dann war da noch die Sache mit Yap Island. Immer öfter sprach Paul davon, wobei ich anfangs nicht die geringste Ahnung hatte, was er damit meinte. Bis zu diesem ziemlich gewöhnlichen Samstagabend im Kulturhaus, an den ich mich nicht mehr genau erinnere, weil er eben so gewöhnlich war. Das änderte sich allerdings in dem Moment, als ich gehen wollte. Paul kam von draußen auf mich zu. Ich vermutete, er würde wieder nichts sagend an mir vorbeilaufen, wie schon den ganzen Abend. Doch dann blieb er stehen, direkt vor mir, und sah mich so merkwürdig an. Verschwunden war sein betrunkenes Lächeln aus den Mundwinkeln, das ich sowieso nicht mochte. Doch dieser fast schon ernste Ausdruck in seinem Gesicht, der gefiel mir auch nicht, denn er machte mir irgendwie Angst. Und aus dem Nichts, ohne, dass ich auch nur den Hauch einer Chance bekam, mich auf diese Situation einzustellen, fragte er mich, ob wir uns im Juli 1998 auf Yap Island treffen könnten. Ich dachte, wie ist der denn drauf? Unser letzter Streit saß mir noch im Nacken und er hatte nichts Besseres zu tun, als uns in zehn Jahren annähernd dorthin zu verbannen, wo der Pfeffer herkam. Trotzdem sagte ich »Ja« – einfach so. Und mit diesem »Ja« ließ ich ihn dann stehen und ging.

📖»An einem völlig unerreichbaren Ort im Pazifik mit weißen Sandstränden, Palmen und dem Salzgeschmack auf trockenen Lippen wolltest du mich in zehn Jahren noch kennen, mir näher sein als jemals zuvor, irgendwo dort draußen, ganz, ganz weit weg. Wo

es kaum Menschen gab und keine Erinnerungen an unsere einge-
sperrten Hoffnungen. Das allein macht es mir noch unmöglicher,
dich loszulassen.«📖

Die Akte

Ich glaube, alle in der damaligen DDR gestellten Ausreiseanträge hatten etwas gemeinsam: Sie wurden ohne Prüfung grundsätzlich erst einmal abgelehnt. Diese Vorgehensweise könnte man mit einem improvisierten Triumphzug der Macht vergleichen, den sich die Handlanger des diktatorischen Gesellschaftssystems nicht entgehen lassen wollten, und daher bestellten sie die Ausreisewilligen zur Verkündigung der Ablehnung immer direkt in die Abteilung des Inneren. Nur so war es ihnen möglich, sich an der Ohnmacht und Verzweiflung der Antragsteller zu laben.

📖»Sinnlos verstreichen meine Monate in Warteposition, aus denen unweigerlich Jahre werden. Auch wenn ich den Zorn und die eigene Verzweiflung bei den immer wieder stattfindenden Ausreise-Ablehnungsterminen lauthals rauslasse, finden meine Wut und meine Proteste kein Gehör. Gefühllose Menschen sitzen da, die Gefallen daran haben, mir ins Leben zu pfuschen, und mich daran hindern, meinen Weg zu gehen. Immer und immer wieder schreibe ich neue Anträge und jedes Mal heißt es: Der Antrag wird ohne Begründung abgelehnt und auch nicht weiter bearbeitet!«📖

Letztere war die am schmerzlichsten wirkende Aussage. Diese aussichtslose Situation, die sich wie eine Geschwulst breitmachte, ließ sich kaum noch in Worte fassen. Ich fühlte mich wie an die Wand gestellt und eingemauert, dazu entmündigt, mittellos, machtlos, völlig hilflos. Bei allen anderen neben mir bahnte sich das Leben unaufhaltsam seinen Weg. Jeder hatte Pläne und war schnellen Schrittes dabei, die eigenen selbstgesteckten Ziele im Rahmen der sozialistischen Möglichkeiten zu erreichen. Bei mir fiel nicht mal ein Startschuss. Alles, was ich tun durfte, war warten. Warten auf etwas, das vielleicht nie kommen würde.

Es war meine Zeit, meine Jugend, die einfach nur so wie Wasser im Sand versickerte und verlorenging. Jeder Tag war wie eine Jahrhundert lange Weile, die sich mit jedem Morgen wiederholte, und alles schien sich auf ewig so fortsetzen zu wollen. Und während ich damit zu tun hatte, das auszuhalten, begann im Verborgen etwas heranzuwachsen, von dessen Existenz und Ausmaß wir eigentlich nie erfahren sollten.

§ Unterlagen Staatssicherheit – Plan der Erstmaßnahmen zur Führung einer operativen Personenkontrolle (OPK): Durch Kontrollmaßnahmen der Abteilung M liegen Fakten vor, die nicht ausschließen, dass Marie V. feindlich negative Aktivitäten zur Durchsetzung ihrer Zielstellung unternimmt. Die Analyse des bis heute vorliegenden Materials erbringt eindeutig den Beweis ihrer feindlichen Grundeinstellung zur DDR und zur sozialistischen Entwicklung insgesamt, wobei Marie V. auf Grund ihrer Jugend als gefährlich in ihren Aktivitäten und im Denken eingeschätzt werden muss. Aus politischer Sicht macht sich deshalb die Einleitung einer OPK notwendig. Es werden Maßnahmen zur Verhinderung feindlich negativer Aktivitäten sowie öffentlichkeitswirksamer Demonstrativhandlungen eingeleitet. Dazu gehören die laufende Postkontrolle sowie die ständige Analyse des Inhalts, das Erfassen aller neuen Verbindungen, das Überprüfung der bisherigen Verbindungen, die Beschaffung von Handschriftenvergleichsmaterial sowie die Anfertigung aktuellen Fotomaterials. Ziel ist es, die bereits vorliegenden Hinweise, der ungesetzlichen Verbindungsaufnahme und der Übermittlung von Nachrichten in die BRD, die geeignet sind, den Interessen der DDR zu schaden, zu verdichten. Darüber hinaus erfolgt ab sofort der Einsatz von inoffiziellen Mitarbeitern und zusätzlich der Einsatz von Sicherheitsorganen, um den Wohn-, Arbeits- und Freizeitbereich der Marie V. zu überwachen.§

Vermutet hat es irgendwo jeder, aber dass sich eine so präzise strukturierte Vorgehensweise gestaltete, damit rechnete ich nicht im Ansatz.

Ich war gerade mal volljährig und wollte doch nur leben, wie man das mit achtzehn eben so macht, frei und ungezwungen ausprobieren, mich versuchen, nach den Sternen greifen, meiner Liebe nachlaufen und mich nicht aus politischer Sicht zum Staatsfeind entwickeln. Sicher habe ich auch gekämpft, gegen mich selbst und dieses Regime, aber das drückte sich letztendlich eher im Aushalten aus. Was mir damals wirklich half, Geduld zu haben und zu hoffen, das war der Kontakt zu Carla, der Freundin meiner Mutter, bei der wir für den Anfang im Westen unterkommen sollten. Sie unterstützte uns, indem sie Briefe schrieb an führende Politiker, an den Petitionsausschuss des Deutschen Bundestages, an Anwälte, an alle, die in Ausreisemodalitäten aktiv waren, und auch an Erich Honecker. So verlieh Carla unserem Anliegen von außen den nötigen Nachdruck. Dabei tat sie es einerseits, um die Sache zu bewegen, und andererseits, um die in mir schon irgendwie tickende Zeitbombe zu entschärfen. Jeder ihrer Briefe wurde von der Staatsgewalt gelesen, ausgewertet und erst dann an uns weitergeleitet. Und alles nur mit dem Ziel, die Straftatbestände des § 219 StGB, der ungesetzlichen Verbindungsaufnahme, sowie des § 214 StGB, der Beeinträchtigung der Tätigkeit der staatlichen Organe, zu erfüllen, um somit eine rechtmäßige Inhaftierung zu bewirken.

§ Auswertung: Originalbrief von Marie vom 05.06.88 an Carla: Marie beschäftigt sich mit dem Gedanken des ungesetzlichen Verlassens der DDR und deutet an, dass sie eine Inhaftierung in Kauf nehmen würde, um anschließend abgeschoben zu werden. Sie schreibt weiter von einem Paul, der ebenfalls die Absicht hat, in die BRD zu gelangen. Aus dem Text ist zu schlussfolgern, dass es sich bei dem Paul offensichtlich um ihren Freund handelt, der einen politisch negativen Einfluss auf Marie ausübt. Aus dem Inhalt kann weiter geschlussfolgert werden, dass Marie bei den Ausschreitungen von Jugendlichen an der Staatsgrenze in Berlin beteiligt war. Zum Freund Paul ist über die Organe in der Kreisstadt zu prüfen, ob die Person identifiziert werden kann.

Überprüfung aller Ersucher unter Berücksichtigung vorliegender Persönlichkeitsmerkmale: Vorname Paul, Alter 18, vermutlich kirchliche Bindung. Ergänzend ist anzumerken, dass seit längerem kein Material mehr aufläuft. Daher besteht der Verdacht, dass die Briefpartner Decknamen benutzen und dass die Post über den Bezirk Schwerin versandt wird. Die Postüberwachung muss unverzüglich auf den Bezirk Schwerin erweitert und die Decknamen müssen ermittelt werden.

Auswertung der Einsätze der inoffiziellen Mitarbeiter (IM): In Analyse des Materials der OPK muss eingeschätzt werden, dass der bisherige Einsatz des geeigneten inoffiziellen Mitarbeiters »Karl Wilhelm« in keiner Weise den Erfordernissen entspricht. Er konnte lediglich einige Personen aus dem Umfeld der Marie ermitteln. Da sich »Karl Wilhelm« und Marie jedoch relativ gut kennen, sollten unverzüglich Voraussetzungen für häufigere Kontakte erfolgen. Dabei muss im Vorfeld präzise festgelegt werden, was vom IM »Karl Wilhelm« konkret erfragt werden soll.§

Ist es einerseits angsteinflößend, so haftet diesen Zeilen andererseits auch ein Hauch von Lächerlichkeit an, denn waren sie nicht Stümper, diese Spitzel? Sie hatten nicht die geringste Ahnung. Paul war nicht mein Freund, obwohl mir das im Nachhinein schon irgendwie schmeichelte, ich war auch nicht auf dieser Demo in Berlin, Decknamen hatten wir keine und zum Personenkreis, der von »Karl Wilhelm« ermittelt wurde, hatte ich schon zwei Jahre keinen Kontakt. Sie puzzelten sich vor dem Hintergrund ihrer Zielsetzung, Ergebnisse vorzulegen, ein irreales Bild zusammen. Dabei ließen sie der Einfachheit halber Vermutungen als Tatsachen gelten und ergänzten die ihnen vorliegenden Informationen so lange, bis alles irgendwie ihren Vorgaben entsprechend zusammenpasste. (Ähnlich war das ja auch mit den Kohlen.)

§ Zusammenfassung: Der Stand der Bearbeitung der OPK entspricht zum gegenwärtigen Zeitpunkt in keiner Weise den objektiven Erfordernissen und Notwendigkeiten. Die ungenügende Analysierung, insbesondere des Post-Materials und der geführten Aussprachen bei der Abteilung des Inneren, hatte zur Folge, dass bisher bedauerlicherweise nicht die Straftatbestände des § 219 StGB erfüllt wurden. Die vorliegenden Beweise tragen leider nur inoffiziellen Charakter, bieten aber eine Reihe von Möglichkeiten und Ansatzpunkten auch zur Erarbeitung offizieller Beweise zur Verletzung der entsprechenden Straftatbestände. Aufgrund des derzeitigen Standes der OPK wird daher vorgeschlagen, die OPK unverzüglich in ein Operatives Ermittlungsverfahren (OV) zu qualifizieren, mit der Maßgabe der weiteren Beweisführung und Präzisierung ungeklärter Fragen. Hierzu ist entsprechend ein Maßnahmenplan zu erarbeiten und in zwei Wochen vorzulegen. Über alle auflaufenden Informationen, insbesondere zu solchen mit offizieller und inoffizieller Beweiskraft, ist sofort zu informieren.§

Mein ganz persönlicher Schutz war, dass ich von all dem, was da im Verborgenen ablief, nichts wusste.

Tschüss Berlin

✉ 6. Juni 1988:

Hallo Marie, endlich finde ich wieder Zeit, dir ein paar Zeilen zu schreiben. Diese Woche ist ziemlich stressig, da wir jeden Tag eine Arbeit schreiben. Heute besuchten wir drei Stunden das Bezirksgericht Prenzlauer Berg. Es war ziemlich langweilig, da nur kleine Delikte verhandelt wurden. Taschenraub, Ladendiebstahl und ein bisschen Vandalismus. Morgen Abend bin ich im International, wir wollen uns da »Falladas letztes Kapitel« ansehen. Es soll einer der besten DEFA-Filme sein. Am Donnerstag geht's zum Konzert von »Feeling B« ins Babylon. Langsam sind meine Stunden hier in Berlin gezählt. Wenn ich da an Magdeburg denke, wird mir doch ziemlich übel. Ich kann nur hoffen, dass es nach dem Abi für mich in Leipzig weitergeht. Mit diesen Gedanken lässt sich vieles leichter ertragen.

Ich komme übrigens schon Donnerstag nach Hause. Allerdings geht's dann gleich am Freitag mit meinen Eltern zu einer Familienfeier in den Harz, meine Cousine heiratet. Wir wollen aber bis zum Abend wieder zurück sein. Ich denke, dass ich es danach noch ins Kulturhaus schaffe. Vielleicht kannst du ja warten, wäre echt schön. So, Marie, ich wünsche dir noch eine schöne Woche. Viel Spaß mit den Kindern. Es grüßt dich lieb Paul ✉

Pauls Abschied von Berlin schien ihn richtig unglücklich zu machen und das zu Recht, denn es war ein Abstieg auf so vielen Ebenen, auf der kulturellen, kommerziellen, international geprägten und vor allem auf der intellektuellen Ebene. Vom einzigen Tor zur Welt, das sich uns zwischen Ostsee und Erzgebirge, Elbe und Oder auftat, ging es für ihn direkt in eine vom Sozialismus jahrelang einschlägig geprägte, graue Plattenbauwüste, die außer fadem Alltag nichts mehr hergab. Ich wusste, wie sich das anfühlte, Berlin zu verlassen, hatte ich es doch schon oft genug praktiziert. Aber Pauls Standortwechsel gehörte nun mal zu seinem Abi-Berufsausbildungsprogramm, da führte leider kein Weg daran vorbei, er musste da irgendwie durch und das alleine. Ich tat mich, ehrlich gesagt, nicht sehr schwer damit, über seine deprimierte Stimmung hinwegzulesen. Unwichtig schien mir, was er in Berlin noch erlebte, vorhatte oder von dort mitnahm, denn für mich zählte nur eines: »Paul kommt nach Magdeburg!« Das brachte mich zwar auf meinem »Weg von ihm weg« nicht wirklich weiter, verlieh dafür meiner Phantasie aber die schönsten und weitesten Flügel, denn statt 100 Kilometer trennten uns dann nur noch 50 Kilometer und jeden Dienstagnachmittag war ich wegen des Russischunterrichtes dort.

✉ 28. Juni 1988:

Hallo Marie, sicherlich wird das mein letzter Brief an dich sein (aus Berlin). Wie schnell ist doch dieses Jahr hier in der Hauptstadt vergangen. Im Rückblick war es doch gar nicht so schlecht, wie es mittendrin mal den Anschein hatte. Ich denke sogar mit ein bisschen Wehmut zurück. Na ja, aber da kann man nichts machen, und der Horror vor dem Jahr in Magdeburg wird immer größer. Diese Woche erleben wir hier als eine sehr abschiedsreiche Zeit. Jeden Tag wird mit anderen Leuten gefeiert. In der Schule läuft auch nicht mehr viel. Die meisten sind morgens schon hinüber und das noch in Verkleidung. Du kennst das bestimmt noch aus der Zehnten. Mein Ding ist das ja nicht. Einer hat mir gestern sogar einen Schappoklapp angeboten, so einen, wie dein Opa hatte. Du wirst das Chaos hier, heute Abend selbst mitbekommen, wenn wir uns sehen. Ich werde versuchen davor nicht allzu viel zu trinken. Hier in Berlin ist jetzt dieser »Greystoke« angelaufen. Karten haben wir leider keine mehr bekommen. Schade, das hätte ich gerne noch mitgenommen, aber man kann nicht alles haben. So, Marie, jetzt muss ich aber los. Wir sehen uns ja heute Abend hier bei mir und ich freue mich. Tschüss Marie, Tschüss Berlin ✉

Unzählige Male war ich diese Strecke in die Hauptstadt nun schon gefahren und noch nie zuvor war ich dabei so sehr durch den Wind. Endlose Felder, viel Himmel, große Bäume, Flüsse – so oft hatte ich diese sich niemals verändern wollende Landschaft schon durchs Zugfenster betrachtet. Aber diese Reise war eine andere, denn an diesem 28. Juni hatte mein Ziel einen größeren Namen. Und alle meine Blicke, die ich triumphierend nach draußen warf, jubelten: »Ich fahre zu Paul, es ist wirklich wahr, ich fahre zu Paul!«

An den Wochenenden habe ich sie manchmal besucht, diese unauffällige Straße mit den gleichmäßig hohen fünfgeschossigen Wohnhäusern, die wie überall – auf ihren Fassaden den Ruß der Jahrzehnte trugen. Mitten hindurch führte ein schmaler Fußweg mit hohen Bäumen und Parkbänken, auf denen man sich ausruhen und in die Geschichten der Menschen eintauchen konnte, wenn sie durch ihre weit geöffneten Fenster und Balkontüren der Außenwelt Gelegenheit dazu gaben. Pauls Fenster jedoch blieb bisher für mich – wie das ganze Haus – kalt und leer. Außer in dieser einen Nacht, da füllte es sich zum ersten Mal mit Leben, denn Paul war da. In voller Erwartung, über das ganze Gesicht strahlend, kam er mir an dem Abend entgegen, und ich war so beeindruckt von seiner Art, mich zu empfangen, dass ich diesen ersten Moment gedanklich ständig zurückspulte, nur um das Ganze immer und immer wieder zu erleben.

Eigentlich war es nicht wirklich gestattet, Besuch mit ins Wohnheim zu bringen, aber zum Ende des Schuljahres spielte es nur noch eine untergeordnete Rolle, wenn man die Regeln nicht so genau nahm. Und so zeigte mir Paul ungeniert, auch ein bisschen stolz, all die Räumlichkeiten, die für die letzten zehn Monate sein zweites Zuhause waren. Anmeldung, Essensaal 1, Essensaal 2, Aufenthaltsraum mit Fernseher, Flur mit Billardtisch, wieder ein Aufenthaltsraum, diesmal ohne Fernseher – so ging es von Etage zu Etage weiter. Wir begegneten dabei unterschiedlichen Leuten, denen ich spontan vorgestellt wurde, und irgendwann langten wir auch bei Pauls Zimmer an. Allerdings lud es uns nicht ein, länger zu bleiben. Kahl glänzten die Wände und eine aufdringliche Ungemütlichkeit stand mitten im Raum. Schuld daran war diese Leere. Wir gingen daher in die Kneipe, gleich unten an der Ecke.

In engen Räumen mit schummrigbunt schillerndem Licht drängten sich viele Menschen. Erst später schien es mir, als wäre ich die einzige weibliche Person dort gewesen. Aber es störte mich nicht, denn ich hatte sowieso nur Augen für Paul und alles um mich herum war nebensächlich. Wir quatschten, philosophierten, diskutierten, lachten wie schon lange nicht mehr. Es war lustig, manchmal auch ein wenig ernst, sehr privat, ganz vertraut, und ich konnte in dieser Nacht endlich mal wieder meinen »Paul-ich-liebe-dich-Akku« aufladen.

📖»Ich weiß nicht, was ich für dich bin, aber ich weiß, dass irgendetwas zwischen uns sein muss, was dich ab und an dazu bewegt, mir den Hauch von etwas Besonderem zu verleihen. Und so war das auch an diesem Abend.«📖

Gegen 24 Uhr fuhr mein Zug zurück. Zwei Stunden ging die Fahrt in nordwestlicher Richtung durch die Nacht, bis ich Wittenberge erreichte. Hier war erst mal Endstation, und es blieb mir nichts anderes übrig, als auf diesem verlassenen Provinzbahnhof müde den kommenden Morgen zu erwarten. Obwohl, als verlassen konnte man diesen Ort eigentlich nicht beschreiben. Ein paar wenige Menschen gab es hier, die ziellos in den dunklen Gängen auf und ab liefen und genau wie ich die Weiterfahrt herbeisehnten. Mit der Zeit fanden wir uns alle in diesem riesigen Veranstaltungssaal der Brigaden ein, der Tag und Nacht in grellem Neonlicht erstrahlte. Hier kampierte man auf den Tischen mit den roten Decken und da die Nächte noch recht frisch waren, hüllte sich manch einer in die Fahnen der Jugend und der Arbeiterklasse ein, die neben den Fenstern auf dem Boden lagen. Wie verwaiste Vagabunden, zurückgelassen von der Hast des Alltags – aber was sollten wir machen, draußen in der Dunkelheit dieser Nacht, da gehörte man um diese Uhrzeit einfach nicht hin. Mir blieb, unter diesem unerträglichen Neonlicht, viel Zeit, meine Gefühle zu ordnen, die Erlebnisse zu sortieren und über meinen »Weg von Paul weg« nachzudenken. Zum Ergebnis führten mich meine Gedanken allerdings nicht, und um 4:45 Uhr hörte ich dann auch erst einmal damit auf, denn es ging endlich weiter in Richtung Arbeit.

Was hätte ich in dieser Nacht dafür gegeben, in Berlin bleiben zu können oder wenigstens die Zeit dort anzuhalten. Doch alles, was mir nach meiner Ankunft in meiner Wohnung in diesen frühen Morgenstunden noch blieb, war nichts weiter als eine knappe Stunde, um mich ein letztes Mal in meine Träume zu flüchten, bis der quälende Berufsalltag wieder hereinbrach. Ich erinnere mich noch gut, wie an diesem Tag meine innere Aufregung mit meinem Schlafdefizit unaufhörlich aneinandergeriet. Einerseits war ich schlag kaputt, weil mir die Nacht fehlte, und andererseits hätte ich wegen der Erlebnisse der vergangenen Stunden niemals einschlafen können – arbeiten war fast unmöglich. Zehn Stunden unterwegs für zwei Stunden Glückseligkeit: solche spontanen, total überdrehten Aktionen machen das Leben aus, von denen kann man leben, ich konnte davon leben.

Heute warb ein Radiosender für einen Zwölf-Stunden-Trip nach New York. New York existierte damals nicht auf unseren Landkarten, aber diese lange Reise nach Berlin für zwei Stunden mit Paul, sie brachte mir den Himmel wieder ein Stück näher.

Dieser Brief vom 28. Juni 1988 war dann auch tatsächlich Pauls letzter Brief, zumindest aus den Zeiten seiner Lehre. Warum wir uns dann in seiner Magdeburger Zeit nicht mehr geschrieben haben, weiß ich heute nicht mehr so genau, vielleicht war Paul für Briefe einfach zu nah.

Der erste Versuch

Nach dem Treffen in Berlin hoffte ich instinktiv auf mehr Nähe zu Paul, doch stattdessen schien er mir richtig verloren zu gehen. So als hätte er sich mit seinem letzten Brief nicht nur von Berlin, sondern auch von mir verabschiedet. Wir erlebten also kaum noch gemeinsame Zeiten. Ab und an traf ich ihn noch im Zug in Richtung Magdeburg. Das war ja auch das, was ich mir von seinem Standortwechsel so erhoffte, aber mehr als ein »Hallo, wie geht's?« und eine sonderbar kühle Stimmung war da nicht. Unterschiedliche Freunde und unterschiedliche Ziele füllten zunehmend unseren Alltag aus. Pauls Ziele erstreckten sich langfristig auf ein Leben in Leipzig, und meine Ziele hatten sich mittlerweile nur noch auf das Verlassen der DDR reduziert, wenn nicht legal, dann auf illegalem Wege. Und so plante ich meine erste Flucht nach Prag – in die westdeutsche Botschaft.

Am Abend vor der Reise stieg bei Paul eine Party, nicht wegen meines Abflugs, sondern weil er einfach nur eine sturmfreie Bude hatte. Wir sahen uns seit langem mal wieder, aber das war auch schon alles. Ich verbrachte die meiste Zeit an diesem Abend mit Tommy auf dem Balkon, und Paul war mit einem Mädel beschäftigt, das ich nur beiläufig kannte. Klar war ich enttäuscht, dass mein letzter Abend so blöd lief, aber im Grunde hatte ich mich damit abgefunden, dass zwischen Paul und mir einfach nichts Wirkliches in die Gänge kam. Trotzdem hatte ich mir meine letzten Stunden mit ihm irgendwie anders vorgestellt. Und weil es mich so verletzte, sah ich zu, diesen traurigen Gedanken wenig Freiraum zu schenken. Der nächste Tag war eh dazu bestimmt, zum Höhepunkt meines Lebens zu werden, und Paul kam darin sowieso nicht mehr vor.

Paul allerdings schien regelrecht aus der Bahn geworfen, als ich mich verabschiedete. Er kannte mein Pläne, hatte jedoch nicht mit ihrer baldigen Umsetzung gerechnet. Völlig irritiert und die Situation wie immer überspielend, schenkte er mir eine goldene Rose aus Plaste, ein orangenes Feuerzeug und die Hälfte einer sowieso schon winzigen Aufputschtablette. Die Rose und das Feuerzeug haben mich noch einige Zeit in meinem Leben begleitet, heute tun sie das nicht mehr. Und die Aufputschtablette, die nahm ich am nächsten Tag im Zug ein und hatte daraufhin kurz vor der Ankunft in Prag einen Ohnmachtsanfall, den ersten und bis jetzt letzten in meinem Leben. Ich fiel auf die Achse der Zugtür und schlug mir die Stirn auf. Aber was ist schon eine Platzwunde im Gesicht gegenüber den Verletzungen, die mein Herz aushalten musste.

In Prag lief es dann anfangs nicht wie ursprünglich geplant. Gleich nach der Ankunft, es war mittlerweile nach 21 Uhr, musste ich beim Besorgen der Metro-Tickets feststellen, dass das Geld, welches man mir zu Hause mitgegeben hatte, völlig wertlos war. Einfach so Geld tauschen wie heute, das ging damals nicht. Ausländische Währung musste man bei der Staatsbank Wochen vorher beantragen, und das hieß auch, genau im Detail das Reisevorhaben angeben – in meinem Fall also unmöglich. Und so risikofreudig, um Devisen über die Grenze zu schmuggeln, war ich nun auch wieder nicht. Im Klartext: kein Geld, keine Fahrkarte – es ging nur noch zu Fuß weiter. Eigentlich war ich viel zu müde, kaputt und fertig, die letzten Stunden hatten einiges dazu beigetragen. Dennoch behielt ich mein Ziel ganz klar vor Augen und mein Ehrgeiz verlangte es regelrecht, einfach nur weiterzumachen.

Mit der Karte in der Hand lief ich durch die immer schmaler werdenden Gassen, die sich mit immer mehr Dämmerung füllten und zusehends menschenleerer wurden, entlang an den alten, prächtigen Häusern aus der Gründerzeit, die mich damals wenig beeindruckten. Mein ganzes Interesse galt vielmehr der Freiheit, dem Tor zur Welt und allem, was ich sonst noch in diese Gegend hineininterpretierte. Ich war so dicht dran, dass ich sie förmlich spüren konnte, die Zukunft, mein Ziel – die Botschaft, doch ich fand sie nicht. Trotz der Pläne und vorheriger Recherchen war es mir nicht möglich, dieses Gebäude ausfindig zu machen. Es war wie verhext. Alle Straßen lief ich aber- und abermals wie in einem System ab, aber die »Vlasskaulice«, die Straße, in der für mich ein neues Leben beginnen sollte, blieb wie in der Versenkung verschwunden. So als wäre der Stadtplan manipuliert oder umkonstruiert – jedenfalls stimmten die Eintragungen nicht mit meiner Wirklichkeit überein. Und während ich im Dunkeln umher-irrte, tauchten immer wieder und immer öfter dieselben Polizeistreifen auf, die mir hartnäckig die gleichen Fragen stellten. Irgendwann, als ich mehr denn je die Ausweglosigkeit meiner Situation erkannte und mir auch keine Ausflüchte mehr für mein Umherirren einfielen, bin ich gegangen – ohne zu wissen, wohin. So einen Satz muss man langsam durch die Gedanken wandern lassen, um ihn zu verstehen. Ich wusste wirklich nicht, wohin. Nach Hause, das konnte ich nicht, das ließen mein Stolz und mein Ehrgeiz nicht zu, denn ich hatte dort alles hinter mir gelassen, und da, wo ich mich an diesem 31. Juli 1988 befand, ge-staltete sich alles um mich herum mehr und mehr zu einem Labyrinth, in dem ich nicht den richtigen Weg fand. Die Müdigkeit aufgrund der fehlenden Nachtruhe, schien mir den Rest zu geben. Das Schlimmste jedoch war die Einsamkeit. Überall waren Menschen, und alle waren zusammen, nur ich war allein. Für mich waren es Augenblicke in Prag, in denen ich mich so verlassen fühlte wie noch nie zuvor in meinem Leben. Wie tief würde es jetzt noch bergab gehen und wie viel von all-dem konnte ich noch aushalten? Keine Ahnung. Ich musste irgendwie zur Botschaft, und das noch in dieser Nacht. Wenn ich selbst nicht in der Lage war, sie ausfindig zu machen, dann gab es nur noch eine Möglichkeit: Ich musste jemanden finden, der mich dorthin begleitete. Aber wer hätte das sein können? Und dann war es mir als DDR-Bürger ja überhaupt nicht gestattet, mich einfach so grundlos in der Nähe dieses Gebäudes aufzuhalten, daher auch die Polizeistreifen und die vereinzelten Kontrollen. Ich musste meiner Person also einen Anschein von Legalität verschaffen, aber wie hätte ich das anstellen sollen? Und beim verzweifelten Umherschlendern über die Karlsbrücke, vorbei an dem Gewühl von Touristen, die der Abendwind über die ganze Stadt verstreute, suchten meine Gedanken unaufhaltsam nach einer Lösung. Lange habe ich in dieser Nacht in das Schwarz der Moldau gesehen, und irgendwann entwickelte sich in meinem Kopf, wie durch ein Wunder, ein Plan B. Felsenfest davon überzeug, steuerte ich ihn an, und er führte mich geradewegs zur Polizeistation am Hauptbahnhof. Ich hatte vor, mich dort als westdeutsche Bürgerin auszugeben und den Verlust meiner Dokumente anzuzeigen. Im Anschluss hätte man mich, nach meiner Theorie, zur Botschaft gebracht, um die weiteren Formalitäten zu erledigen. Wie naiv oder ratlos muss man eigentlich sein? Ich war beides und das zur Genüge!

Meine Papiere, das Geld, zwei Bücher, Kartenmaterial, all das, was mir eine DDR-Identität bescheinigte, ließ ich in verschiedenen Müllbehältern der Stadt zurück. Eine Sache durfte ich jedoch nicht vernichten, den Sozialversicherungsausweis. Spontan fielen mir die Gepäckaufbewahrungsfächer ein – mein Plan schien in Gedanken perfekt. Doch dann vergaß ich in meiner Aufregung beim Schließen der Box die Zahlenkombination, und so befand sich mein Sozialversicherungsausweis sicher im Schließfach, geschützt auch vor mir. Erst das Abkrachen im Zug, dann die Tatsache, völlig pleite zu sein, keine Ahnung, wo sich die Botschaft vor mir versteckt hielt, und jetzt kam ich auch nicht mal mehr an das einzige Dokument dran, welches ich noch besaß. Ich hatte so unglaublich genug von all den Hindernissen, die ständig aus dem Nichts heraus auftauchten. Und innerlich übersprudelnd vor Wut wegen des ganzen Pechs, schrie ich in meiner Verzweiflung die vor mir sitzende Bahnaufsicht zusammen. Sie konnte nun wirklich nichts für meine Dussligkeit. Verständnislos sahen mich ihre kleine Augen, eingebettet zwischen speckigen Wangen, hinter einer Glasscheibe an, und das zu Recht, denn die Dame verstand mich nicht. Keine Ahnung, ob es wegen der Scheibe oder der Sprache war.

Dafür fand ich Gehör bei einem Amerikaner, dem Ersten, der seit genau zwanzig Stunden richtig mit mir sprach. Ich erkannte ihn sofort als meinen rettenden Strohhalm, und aus purem Überlebenstrieb überschüttete ich ihn mit meinem Problem eins, dem verschlossenen Schließfach, und meinem Problem zwei, meinen »verlorenen Papieren«. Natürlich schämte ich mich, ihn anzulügen, aber was sollte ich tun. Es war die pure Hilflosigkeit, die mich zwang. Und dann hatte ich wirklich das erste Mal auf dieser Reise Glück, denn das Blatt wendete sich. Dieser Fremde löste prompt per Pfand mein Schließfach aus und machte mich, noch ehe ich überhaupt merkte, was da lief, mit einer Frau bekannt, bei der ich die Nacht verbringen konnte und die mich am nächsten Morgen, und das war das Größte, zur Botschaft brachte.

📖 »Nie hätte ich gedacht, dass für mich nach dem gestrigen Tag noch mal die Sonne aufgeht. Jetzt sitze ich hier in einer fremden Wohnung, in einem kleinen Zimmer und draußen erwacht der 1. August 1988. Über den rosa blühenden Geranien am Fenster zieht sich ein unbeschreiblich schönes Morgenrot am Himmel entlang und unter ihm liegen die verschlafenen Dächer Prags. Noch ein paar Stunden, dann bin ich in der Botschaft und mein Leben wird sich für immer ändern. Was für ein bedeutender Tag.« 📖

Ich war lange in der Botschaft. Es gab viele Gespräche, viele Diskussionen und alles mit nur einem Ziel: Man wollte mich überzeugen zu gehen. Doch ich wollte nicht. Ich wollte eigentlich gar nichts mehr. Die Anstrengungen der letzten Tage, die innere Anspannung – sie kosteten mich unglaublich viel Kraft, jetzt war nichts mehr davon übrig. Es war so ein langer, tiefer Prozess, mit viel Schmerz bis zur Entscheidung, diesen Weg nach Prag zu gehen, mit großer Angst vor dem Missglücken, vor den Gefahren, vor der Einsamkeit, vor der Trennung und vor dem eigenen Versagen. Nachdem das alles hinter mir lag, war ich einfach nur fertig und innerlich vollkommen zerstört. Irgendwann konnte ich den Überredungskünsten nicht mehr viele Argumente entgegensetzen, und gegen alle vorherigen Überzeugungen ging ich dann tatsächlich wieder aus der Botschaft raus. Sie gaben mir Geld, denn ich hatte ja nichts weiter als meine Sachen am Körper und das reichte nicht aus, um wieder zurückzukehren. Und sie gaben mir ein Versprechen, welches sie hielten, wie sich später herausstellte.

Ich musste dann wirklich zur Polizei, um den Verlust meiner Papiere zu melden, allerdings der ostdeutschen Papiere, aber der eigentliche Gang nach Canossa war der Weg in die Botschaft der DDR. Mit vorläufigen Dokumenten und einem Ticket für die Rückfahrt machte ich mich dann nach Stunden der Warterei in der Botschaft auf zum Bahnhof. Ich erinnere mich noch an diese Grünanlage vor dem Haupteingang. Heute ist sie Aufenthaltsort der vielen Obdachlosen. Damals lag ich dort in der Sonne und versuchte irgendwie wieder meinen Weg zurück zu finden. Einfach nach Hause fahren, das ging nicht, und so fuhr ich erst mal nach Berlin zu Kati, einer Freundin meiner Mutter.

Völlig übermüdet, denn schlafen im Zug, das kann ich bis heute nicht, mürbe und niedergeschlagen vom Misserfolg, schmutzig von der Reise – alles spiegelte sich an diesem frühen Morgen unverkennbar in meinem Gesicht wider. Doch ich hatte keine Angst, Kati so gegenüberzustehen, erlebte ich sie doch immer als sehr verständnisvoll. Wenn überhaupt jemand mit der Situation umgehen konnte, dann sie. Und nicht nur das, Kati setzte alles daran, das in den Brunnen gefallene Kind auch wieder herauszuholen. Im Klartext, für mich ging es erst in die Wanne, danach ins Bett. Und während ich den Schlaf der letzten verlorenen Nächte an diesem Vormittag nachholte, telefonierte Kati mit meiner Mutter und begann selbst die Sache mit dem Kindergarten zu regeln. Immerhin fehlte ich dort schon zwei Tage unentschuldigt. Ich hatte keinen Urlaub bekommen. Einfach eine Krankmeldung abzugeben, das war nicht meine Art, und so hielt ich es für am geeignetsten, stillschweigend nicht zu erscheinen. Es wäre mir ja auch nicht zum Verhängnis geworden, wenn ich diese Aktion – Prag – nicht in den Sand gesetzt hätte. Aber hätte, wäre, wenn – ich verfehlte mein Reiseziel und wurde kurzerhand wieder zurückgeworfen in mein altes, immer noch bestehendes Dasein, das mir schlagartig das Gefühl vermittelte, jetzt erst recht keinen Boden mehr unter den Füßen zu haben. In meinem Kopf fehlte jegliche gedankliche Vorstellung für ein Leben nach dem Scheitern dieser Flucht.

Aber der Alltag im Osten ging weiter, auch für mich, immer noch auf der falschen Seite Deutschlands, und es fiel mir schwer, das zu akzeptieren. Nach ein paar Tagen verließ ich schweren Herzens Berlin und fuhr nach Hause. Meine Mutter war heilfroh, dass sie mich wiederhatte. Auch die Kindergartenleitung beruhigte sich, so dass ich wenigstens noch den Job behielt. Und zu meiner großen Überraschung gab es Freunde, gerade die am Rande, die sichtlich erleichtert schienen, mich einfach bloß zu sehen. Nur Paul, der schaffte es wieder, alles noch schlimmer zu machen. Hatte er doch nach meiner Abreise nichts Besseres zu tun, als so einigen Leuten von dem Fluchtplan zu erzählen. Keine Ahnung, was ihn dazu bewegte. War es aus juvenilem Leichtsinn, aus Gedankenlosigkeit oder beabsichtigte er, mich wirklich in Gefahr zu bringen? Ich wusste es nicht und wollte es auch nicht wissen. Ich war so enttäuscht, dass er mich verraten hatte. Und da halfen auch seine Entschuldigungen nichts. Es schien, als ob die Brücke zwischen uns auf ewig zerstört wäre. Und in den Abgrund, der sich unter ihr auftat, warf ich diesen »Akku«.

📖»Ich bin gerannt, gerannt durch Regen, gegen den Wind, Tränen vom Himmel, Tränen in meinen Augen. Alles ist nass, überall nur Wasser, kein Land, keine Rettung. Ich spüre nicht die Kälte. Ich spüre nur den Schmerz in meinem Herzen. Gibt es etwas, was noch mehr weh tut? Nach der längsten Nacht kommt wieder ein Tag und immer so weiter. Was für eine Hoffnung, dass wenigstens das nie aufhört.«📖

Kurswechsel in Sachen Liebe

Im darauffolgenden Herbst lernte ich Frank kennen. Er war der Schwager vom Freund einer Freundin, ganz groß und ganz stattlich, mit einem so besonderen Lächeln und blonden Haaren, die seinem Äußeren einen sehr schwedischen Touch verliehen. Wir trafen uns in einer Discothek. Dort redeten und tanzten wir den ganzen Abend. Später gingen wir noch zu mir nach Hause, zu viert, und da redeten wir dann weiter, die ganze Nacht. Ich war tief beeindruckt von Franks Art zu erzählen und bemerkte daher gar nicht, wie die Stunden, angefüllt von seinen Geschichten, vorbeiflogen. Erst am nächsten Morgen verließen mich meine Gäste. Dankbar für die angenehme Unterhaltung, nahm ich den Abend wie er kam, sah es lediglich als willkommene Ablenkung, und es gab keinen Grund, dieser echt netten Nacht auch nur den Hauch einer Bedeutung zu schenken. Und eine Woche später kam das hier:

✉ 30. September 1988:

Für Marie. Ich bin mir, ehrlich gesagt, ziemlich unsicher, in welche Augenpaare ich jetzt blicken würde, entsetzte, fragende oder neugierige?! Na ja, ein bisschen komisch ist es schon, erst der gemütliche Abend in der Disco und dann der Abend bei Dir zu Hause und unser Verschwinden ohne Worte. Im Nachhinein fängt man dann erst einmal an, über die Dinge nachzudenken und stellt fest, dass es doch eigentlich ein schöner Abend war und dass man mal wieder alles falsch gemacht hat. Im Endeffekt grübelt man dann Tag für Tag, wie man dieses doch wundervolle Mädel wiedersehen könnte, dem man so viele Umstände bereitet hat. Es wäre sicher einfacher, sich bei Dir sehen zu lassen, nur gibt es da leider das winzige Problem, dass ich momentan bei der Fahne bin und mein Urlaub zeitlich begrenzt ist. Tja, jetzt habe ich mich mal ein bisschen umgehört und habe glücklicherweise

Deine Adresse in Erfahrung bringen können. Jedenfalls würde ich mich freuen, wenn wir uns mal wiedersehen könnten, denk mal drüber nach. Am 11. November bin ich ganz in der Nähe, vielleicht können wir uns da sehen, vorausgesetzt Du stimmst zu?! Ich hoffe nur, dass Du mich ein bisschen verstehst und den Brief nicht wutentbrannt in die Ecke wirfst. Vielleicht kannst Du Dich durchringen und mal schreiben. Sei jedenfalls ganz herzlich gegrüßt von Frank.⊠

⊠ 22. Oktober 1988:

Grüß Dich, Marie. Deine Zeilen waren für mich eine Wiedergabe deiner Gedanken, Gefühle und Vorstellungen. Du schreibst einen einfachen, jedoch faszinierenden Stil, der mich zunehmend begeistert. In Deinen Zeilen steckt eine neue, mir noch unbekannte Art von Enthusiasmus, der meine Gefühle unwiderruflich auffordert, Dir zu folgen, sei es momentan auch nur in Gedanken. Heute ist Samstag und ich sitze hier in meinem Zimmer. Im Radio läuft gerade ein ganz tolles Lied. Keine Ahnung wer das singt, Hauptsache ich kann träumen. Mein größter Wunsch wäre es im Moment, Dich bei mir zu haben, obwohl ich mir dessen sicher bin, dass Du mir jetzt in die Augen sehen würdest und ich keinen vernünftigen Satz rausbekäme. Bitte lass mich nicht allzu lange auf ein paar Zeilen warten. Liebe Grüße Dein Frank.⊠

⊠ 2. November 1988:

Hallo Marie, mit Deinen Zeilen in der Hand öffnet sich mein Herz vor Freude, weil ich in den Zeilen wieder eine Bestätigung meiner eigenen Gefühle vorfand. Die Karte ist wunderschön, sie öffnet insgeheim, tief in mir drin, den Drang, die Welt neu zu entdecken. Weißt Du, eigentlich bin ich ständig unzufrieden mit mir und versuche, mit häufigem schlechten Gewissen sinnvoll zu leben. Jede Gleichgültigkeit und jedes Gleichmaß jagt mir Angst ein, Angst davor, die kleinen Sachen des Lebens irgendwann nicht mehr zu sehen. Es ist unheimlich für mich, das in Worten aufs Papier zu bringen, was ich denke, das was meine Gefühle beinhalten. Das Gefühl, dass es Dich gibt, erleichtert mir dieses um ein Vielfaches. Ich weiß nicht, ob Du Dir dessen bewusst bist, aber Du, und niemand anders, bist der Schlüssel dazu. Du machst es mir möglich, meine Gedanken in Sätze zu verwandeln. Dafür möchte ich Dir meinen Dank und meine Bewunderung aussprechen. Danke. Wie gern wäre ich an Deiner Seite durch Berlin geirrt, denn Berlin ist auch meine Stadt. Liebe Grüße Dein Frank.✉

Gegen all diese Zeilen waren Pauls Briefe nichts, aber es liegt eben doch ein feiner Unterschied zwischen dem, was man hat, und dem, was man will. Und trotz dieser Kenntnis ließ ich mich auf diese Geschichte mit Frank ein. Paul war für mich weit weg und irgendwie brauchte ich so etwas einfach mal, nach all den nächtlichen Eskapaden in fremden Betten und einer unerfüllten Liebe. Da war endlich mal jemand, der mir einfach so 'ne Blumenwiese schenkte, und auf der wollte ich mich ausruhen.

Problematisch war nur die Sache mit der Ausreise, und das mehr für Frank als für mich. Doch, um ehrlich zu sein, genügte es mir, ihn lediglich durch mein Schweigen zu schützen. Er wusste also nichts von den Plänen, und alle, die in dieser Sache irgendwie mit drin hingen, schwiegen ebenfalls.

Irgendwann war es dann so weit: Frank kam. Meine Mutter war an der Ostsee, und so stand den vielversprechenden Stunden mit ihm nichts mehr im Wege. Es schien ein perfektes Wochenende zu werden. Alles war voll durchorganisiert, von seiner Ankunft bis zur Abreise. Mit romantischem Essen, Besuch bei Freunden, Spaziergängen, den Tanzveranstaltungen, Kino. Na ja, aber wie das oft so ist, es kam dann doch alles ganz anders.

Keine Ahnung, wann es anfing, aus der Spur zu laufen, aber von einem auf den anderen Moment wurde jede Minute mit Frank für mich zu einer unerträglichen Qual. So als hätte ich mich gleich zu

Beginn an meiner Lieblingsspeise übergessen, war mir in seiner Gegenwart einfach nur noch schlecht. Ich drohte an seinen netten Worten, höflichen Gesten, liebevollen Umarmungen und zärtlichen Küssen regelrecht zu ersticken. Es gab nur eine Lösung für mein Problem: Sie musste aufhören, diese gemeinsame Zeit mit ihm. Er tat mir zwar leid, immerhin war es sein einziger Urlaub, doch meine Rettung schien mir wichtiger. Blitzschnell begann ich das Wochenende umzugestalten. Und damit ich mit Frank erst mal nicht mehr alleine sein musste, lud ich alle möglichen Leute ein, die die Tage und die Nächte mit uns verbrachten, Paul war auch dabei.

Die Stunden vergingen und ich weiß bis heute nicht wie. Es war bis dato das endloseste Wochenende meines Lebens und ich dachte, ich käme aus dieser Nummer, in die ich mich da wieder mit Macht hineinmanövriert hatte, überhaupt nicht mehr raus. Frank und ich redeten kaum ein Wort miteinander, ich konnte nicht. Ich konnte ihn auch nicht mehr ansehen, noch nie zuvor hatte ich einen Menschen so über. Ich fand auch keine Erklärung für diese urplötzliche Entzauberung, sie war auf einmal da und blieb. In mir war nur noch ein Meer von Enttäuschung, was mich unglaublich ärgerte, und am meisten ärgerte ich mich dabei über mich selbst. Ohne noch etwas zu meiner »Veranstaltung« zu sagen, fuhr Frank an dem darauffolgenden Sonntagmittag ab. Wir haben nie wieder etwas voneinander gehört.

DDR-Wohnverhältnisse

Prag hatte viel zerstört, aber es schien niemanden zu interessieren, Paul nicht, mich nicht, und so lief alles irgendwie weiter, zwar anders als vorher, aber es lief. Nur kälter schien es geworden zu sein. Vielleicht lag dies auch an der Jahreszeit, doch ich denke, eher an unserer besonderen Kunst, von jetzt auf gleich Eiszeiten entstehen zu lassen. Und mit jeder von uns neu entwickelten Kältewelle wurden wir mehr zu Fremden. Meine Gefühle Paul gegenüber trug ich nur noch wie eine heimliche Verliebtheit, die langsam in Vergessenheit geriet, mit mir herum.

📖 »Gestern war ich auf einer Fete bei dir, und da hat mir dein Nachbar eine verpasst. Mitten ins Gesicht – auf dem Weg zum Klo. Der war wütend, weil ich die wer weiß wievielte war, die durch seine Wohnung lief, um in euer Bad zu kommen. Einen anderen Weg gab es aber nicht.«📖

Zur falschen Zeit am falschen Ort, wer kennt das nicht. Der Abend erwies sich zumindest als gutes Beispiel dafür. Wobei ich allerdings auch die Fähigkeit besaß, kleine und große Missgeschicke magisch anzuziehen, und so war ich zwar erschüttert über diesen Zwischenfall, aber nicht wirklich überrascht. Letztendlich gehörte der Auftritt des Nachbarn sowieso zu meinem kleineren Übel an diesem Abend, denn Paul war mal wieder anderweitig unterwegs und das machte mir viel mehr zu schaffen. Verständnislos trafen mich die Blicke der anderen, als ich mit vorgehaltener Hand die Zimmertür öffnete. Eine Sekunde später stürzten alle wie eine durchgehende Herde an mir vorbei, direkt in die Wohnung gegenüber. Es war fast so, als hätten sie nur darauf gewartet, dass endlich mal was passierte und der Abend eine gewisse Spannung erhielt. Ich hingegen ging in die Küche, um mich nach einem Handtuch umzuschauen, das Bad war ja nun erst recht nicht mehr erreichbar. Alles, was ich fand, war ein weißes Geschirrtuch mit gestickten roten Herzen. Innerlich wehrte ich mich dagegen, tauchte es aber schließlich doch ins Waschbecken ein und hielt es mir gegen meine rote, heiße Wange. Noch immer irgendwie unter Schock, weit weg, in Gedanken versunken, sah ich zum Küchenfenster rüber, in die Nacht hinaus. Es war stockfinster. Statt des Hinterhofes erblickte ich in diesen riesigen Scheiben nur mein wenig prächtiges Spiegelbild – ich, in dieser fremden Küche allein wie etwas, das man gerne zurückgelassen hat, sah nach draußen. Wollte ich nicht hier dazugehören, ein Teil von diesem Ganzen sein? Aber nichts schloss mich in die Arme, nichts hieß mich willkommen, und so fühlte ich mich mehr denn je wie ein Eindringling. Ein in der Ferne vorbeifahrender Güterzug ließ die Gläser im Schrank vor sich hin klirren, was mich sofort an Omas alten Bücherschrank erinnerte, in dem bei jeder größeren Erschütterung die Römergläser vor sich hin zitterten. Es waren nur wenige Sekunden, bis ich dieses Geräusch als unerträglich empfand, und so kam mir die laute, ungeordnete Auseinandersetzung aus den Räumen von nebenan gerade recht, denn sie übertönte dieses gläserne Sirren. Doch der Ereignisse überdrüssig, verschloss ich auch irgendwann meine Ohren vor den anhaltenden Streitereien der anderen, ich wollte nur noch meine Ruhe und einfach weg. Der Abend erwies sich sowieso als gelaufen, und von Partystimmung schien ich meilenweit entfernt. Irgendwann stand Tommy neben mir. Er bot mir an, mich nach Hause zu bringen. Na, wenigstens blieb mir ein vereinsamter Abschied erspart.

Seite an Seite liefen wir durch den in dieser Nacht gefallenen Neuschnee. Beiläufig fiel mir dabei ein, dass ich wieder eine Wette gewonnen hatte, und ein leichtes Schmunzeln zuckte über mein Gesicht. So hatte ich wenigstens mein Lachen zurück. Als wir das Hoftor erreichten, drehte ich mich noch mal, wie von Blicken begleitet, zum Hauseingang um und erkannte Paul, wie er vom Flurfenster zu uns hinaus sah.

Der zweite Versuch

Im Januar 1989 trat in der DDR in Sachen Ausreiseaktivitäten ein neues Gesetz in Kraft. In diesem stand, dass alle bisherigen Anträge als gegenstandslos galten und dass neue Anträge binnen sechs Monaten zu befürworten seien. Welch eine Hoffnung!

Noch am 3. Januar 1989 stellten wir die neuen Anträge und informierten alle uns bekannten Ersucher. Und tatsächlich, eine nie vorher gesehene Ausreisewelle entvölkerte unseren kleinen Ort. Von heute auf morgen flogen sie alle raus, mit einer rasenden Geschwindigkeit, erfüllt von Glück, Hoffnung und Freude, – für uns allerdings mit einem bitteren Beigeschmack, – denn wir mussten bleiben.

Schon bald entwickelte sich diese Welle des Glückes für mich zu einem einzigen Alptraum. Leute, die gerade vier Wochen gewartet hatten, bekamen noch vor uns, die wir mittlerweile knappe drei Jahre festsaßen, die Genehmigung. Bis zum Februar hielt ich das aus und dann entschied ich mich, die Sache wieder selbst in die Hand zu nehmen. Mein Ziel war diesmal die Westdeutsche Botschaft in Ostberlin. Aus den Fehlern von Prag hatte ich gelernt, – so redete ich mit niemandem über meinen Fluchtplan. Und für den Fall, dass ich mein Ziel wieder verfehlen sollte, reichte ich sogar einen Urlaubstag ein.

Tag X kam. Die Fahrt in die Hauptstadt war nicht wie sonst, sondern eher wehmütig, denn es sollte wieder mal eine letzte Reise, »Klappe die Zweite« sein. Vom Bahnhof aus ging es direkt zur Botschaft, das Finden machte mir diesmal weniger Schwierigkeiten als in Prag. Und ohne noch mal über mein Vorhaben vor Ort nachzudenken, ohne die gegebene Situation genauer einzuschätzen, marschierte ich einfach nur drauflos. Schnell wollte ich es hinter mich bringen, sie sollte jetzt endlich zu Ende sein, diese unerträglich lange, nutzlose Zeit im Osten, diese Zeit meiner unerfüllten Liebe zu Paul. Keinen Tag länger wollte ich dort mehr verbringen, keinen Tag länger mehr diesen Herzschmerz spüren, diese Kältewellen zwischen Paul und mir ertragen und es sollte endlich aufhören, dieses unerträgliche Warten, Warten, Warten, immer nur warten.

An den fünf Sicherheitsposten auf der Straße vor dem Gebäude kam ich problemlos vorbei, weil alle genau in dem Moment, in dem ich dort auftauchte, in Gespräche mit anderen Passanten verwickelt waren, und ich erreichte doch tatsächlich das Unmögliche, – die Tür der Botschaft.

Eine plötzliche, sich laut breitmachende Aufregung drang noch an mein Ohr, doch ich ließ sie einfach hinter mir. Auch die Worte »Hey, was machen Sie denn da, bleiben Sie stehen!« machten mir zwar für einen Moment lang Angst, doch ich ignorierte sie und ergriff, mir aller Konsequenzen bewusst, den Handknauf der Eingangstür – und das, ohne zu wissen, ob sich die Tür öffnen ließ. Vielleicht war sie ja noch verschlossen oder vielleicht wurde sie nur per Summer nach vorheriger Rücksprache geöffnet – ich hatte es nicht in Erfahrung bringen können. Es gab in diesem Moment nur Kopf oder Zahl, Gefängnis oder Freiheit.

Ein kurzer Ruck, die Tür war auf und ich war drin. Es war geschafft, kein Ersatzplan nötig, kein Ausweichmanöver, keine Geschichten. Alles hatte funktioniert, jeder Schritt kam zur richtigen Zeit, kein Patzer passierte und ich war wirklich in der Botschaft – im Grunde ein Ding der Unmöglichkeit, ein Wunder. Mein neues Leben, »Klappe die Zweite« begann.

Und dann saß da ein Pförtner, so ein richtiger Schönling, vielleicht Ende Zwanzig, dunkle Haare, dunkle Augen, ganz stattlich, in einem feinen Maßanzug, wie ich ihn nur von den westdeutschen Modezeitschriften meiner Oma her kannte. Ich erzählte ihm von meiner gerade in dem Moment stattfindenden Republikflucht. Und er teilte mir nett, freundlich und zuvorkommend mit, dass ich mich am Eingang draußen, dreißig Meter weiter melden müsste. In meiner Fassungslosigkeit über diese Schönheit – so jemand war mir noch nie zuvor persönlich begegnet – tat ich etwas, was ich mir vorher tausend Mal, nein, eine Million Mal oder noch öfter geschworen hatte niemals zu tun – ich ging wieder raus.

Und ehe ich mich versah, stand ich völlig desorientiert wieder draußen auf der Straße, einfach so, ohne an meine Schwüre zu denken, an die möglichen strafrechtlichen Folgen, an all das, was ich eigentlich vermeiden wollte. Und ich lief ihnen direkt in die Arme, den Sicherheitsposten, den Polizisten und all denen, die ich vor Minuten noch ganz hastig zurückgelassen hatte. Ein Kreis vieler bewaffneter und unbewaffneter Menschen stellte sich um mich auf. Wegrennen war zwecklos, ich wäre keine fünf Meter weit gekommen, der hintere Eingang schien meilenweit von mir entfernt. Ja, und dann wollten sie natürlich eine Erklärung für meinen unerlaubten Einmarsch. Ich hatte so rein gar keine Ahnung, was ich sagen sollte: »Republikflucht«, das war nun wirklich keine gute Idee. Auf alles war ich vorbereitet gewesen – die möglichen Kontrollen auf der Straße, die entsprechenden Befragungen – auf alles vor dem entscheidenden Schritt, nur nicht auf eine Konfrontation mit der Staatsgewalt danach. Die Aktion Prag sollte sich nicht wiederholen. Anbinden, ankleben wollte ich mich da drin – im übertragenen Sinne natürlich. Doch nichts dergleichen passierte. Stattdessen wurde ich von ganz unvorhersehbaren Dingen überrollt. Ich rechnete nicht im Ansatz mit ihnen und sie manipulieren mich dermaßen, dass alle meine Vorsätze überstürzt den Bach runtergingen.

Ganz schnell wurde mir inmitten der mächtigen Männer bewusst, dass es in diesen Moment weder einen Plan B noch Zeit zum Nachdenken gab. Und nicht nur ihre bohrenden Blicke jagten mir Angst ein, sondern auch das metallische Geräusch beim Entsichern der Waffen hinter meinem Rücken. Ich sah alles ganz deutlich vor mir, das Gefängnis mit den Zellen, den Gittern, den langen finsteren Gängen, die endlosen Verhöre in grellem Scheinwerferlicht und die bösen Menschen. So oft hatte ich schon davon gehört und mit einem Mal schienen diese furchtbaren Geschichten auch mein Leben zu erreichen. Was hätte ich dafür gegeben, einfach so verschwinden zu können, mich in Luft aufzulösen, davonzufliegen, nur um mich von der Anwesenheit dieser Männer zu befreien.

Aus reiner Verzweiflung fing ich an, aufgebracht etwas zu erzählen von einer Reise nach Ostberlin, von geklauten Papieren, und irgendwie kam es mir vor wie ein Déjà-vu, als ich mich so reden hörte. Doch es war mir egal, ich redete und redete. An den genauen Wortlaut des Gesprächs erinnere ich mich heute nicht mehr, aber meine abschließenden Worte, gepackt in knappe, präzise Sätze, denen man nicht im Ansatz meine mittlerweile getrocknete Angst entnahm, die höre ich noch wie ein ewig hallendes Echo nachschwingen. Mit dem Gesicht zum Himmel holte ich Luft, senkte dann den Kopf und sah den Menschen vor mir mit einem festen, genervten, bösen Blick an:

»Sie glauben mir das nicht, nicht wahr? Und wissen Sie was, ich kann das auch alles nicht glauben! Aber es ist so, wie es ist, und ich muss jetzt zusehen, dass ich das wieder in Ordnung bringe! Also lassen Sie mich meine Papiere besorgen!« Daraufhin wollte man mich zur Wache am Alexanderplatz begleiten. Ich war für eine Sekunde froh, dass sie mit mir nicht mehr über meine Aktion und die ausgedachte Geschichte diskutierten, bekam jedoch gleichzeitig Panik, weil mir klar war, dass sich spätestens auf der Wache alles herausstellen würde – also ein Tod auf Raten. Mit dem letzten Funken Hoffnung und Kampfgeist in mir wehrte ich ihre Hilfsbereitschaft ab, erklärte, dass ich mich in Berlin gut auskenne und den Weg zur Wache selbst finde. Zugleich verabschiedete ich mich, drehte mich um und ging langsam auf die Menschenmauer zu, die sich immer noch hinter mir positionierte, innerlich flehend, sie möge sich vor mir öffnen. Und es war ein Wunder, sie ließen mich echt gehen, einfach so. Sicher und schnell führten mich meine Schritte immer weiter von diesem Ort fort. »Weg, weg, weg!«, das war mein einziger Gedanke, mein innerliches Flehen an den Himmel, in tiefer Hoffnung, dass dieser Kelch an mir vorbeigehen möge – und meine Bitte fand Gehör. Keine Ahnung, warum sie Gnade vor Recht ergehen ließen. Sie wussten doch genau, was hinter dem anderen Eingang ablief.

📖»Ich bin wieder dort, wo ich eigentlich nicht mehr sein wollte – zu Hause –, wobei ich froh sein kann, dass ich nicht im Knast sitze, denn gerade kam es in den Medien. Ein paar Stunden nach mir durchbrachen drei Leute mit einem Lada die Hoftore der Botschaft und wurden von DDR-Soldaten gestellt – fünf Jahre Gefängnis.«📖

Der letzte Frühling

Diese von mir anfangs so innig herbeigesehnte Magdeburger Zeit brachte mir wie schon erwähnt nicht das, was ich so sehr von ihr erhoffte. Durch Pauls Schichten beim praktischen Arbeiten war es im Grunde unmöglich, dass wir mal zusammen reisten. Und ehe ich mich versah, war sein letztes Abiturjahr so gut wie vorbei. Ein neuer Abschied war im Anmarsch und mir blieb nichts anderes übrig, als diesen ebenfalls über mich ergehen zu lassen. Und gerade als ich begann mich mit diesem unerträglichen Schmerz auseinanderzusetzen, bat er mich aus dem Nichts heraus um Hilfe bei seiner Abschlussarbeit. Ich war total überrascht, dass ich in Pauls Gedanken überhaupt noch vorkam, und in der Hoffnung, ihn dadurch wieder öfter um mich zu haben, ließ ich mich darauf ein. Ich wusste, er würde mein Herz erneut auf eine Achterbahnfahrt schicken, doch es war mir egal.

»Ich kann es selbst kaum glauben, du liegst hier auf meinem Bett und schläfst. Es ist 10 Uhr morgens – ihr wart Nachtangeln. Eigentlich soll ich deine Arbeit zu Ende tippen, aber viel lieber schreibe ich in diesem Moment Tagebuch. Es ist das letzte Mal, dass du hier so bei mir sein wirst. Ich muss ihn irgendwie festhalten, diesen Augenblick. Gleich nachher wirst du mich verlassen und nicht mehr einfach so oft hier reinschneien wie in den letzten zwei Wochen. Wir hatten eine echt irre Zeit zusammen, jetzt ist sie vorbei und ich bin traurig, weil du gehst. Verrückt war das, mit dem Rohrbruch in der Küche, Montag. Alles war nass, du, ich, die ganzen Blätter. Erst hast du nicht gelacht – ich auch nicht, aber später schon. Und wir haben so schlimm ausgesehen. Manchmal hast du mich morgens geweckt. Das war am schönsten. Ich mag das, so unvorbereitet in diese Momente hineingeworfen zu werden. Gleich ist alles vorbei und ich kann nichts dagegen machen. Das Einzige, was ich noch tun kann, ist, die letzte

Zeit genießen, jede Sekunde bis zu dem Moment, in dem du die Tür hinter dir schließt. Ich werde dann mit dir gehen, irgendwohin, um die Einsamkeit hier nicht ertragen zu müssen.«📖

📖»Ich hab dich lieb, ohne darüber nachzudenken, ob dich meine Liebe berührt in der Unendlichkeit unseres Daseins. Ich hab dich lieb, auch wenn du mich nicht siehst und nicht merkst, wie meine Blicke dir immer wieder Herzen auf die Haut küssen. Ich hab dich lieb, über allem Streit, über allem Zorn, über aller Hoffnungslosigkeit, ich hab dich einfach nur lieb, dich ganz allein und ich weiß nicht warum.«📖

Ich konnte es wirklich nicht verhindern. Paul wachte irgendwann auf, die Arbeit war fertig, er ging. Und so kam, was kommen musste – es wurde wieder still zwischen Paul und mir. Und mit Beginn der wärmeren Tage brach bei uns erneut eine Eiszeit aus.

📖»Ich sitze in den von dir vielleicht für immer verlassenen Räumen und versuche, noch einen Teil der Fröhlichkeit zu finden, die du hier hineingebracht und irgendwo zurückgelassen hast. So viel Zeit ist seit unserem letzten Zusammensein vergangen, und die Stunden der Einsamkeit haben mich wieder eingeholt und halten mich gefangen.

In diesem Raum erinnern so viele Dinge an dich, und jetzt bist du weg, einfach so und schon so lange, dabei hast du dich nicht einmal verabschiedet.

Ich denke an dich, wo magst du jetzt wohl sein? Ich weiß es nicht. Und das macht diese Zeit so unglaublich eisig. Die Zukunft wird uns irgendwann noch weiter voneinander entfernen. Welch ein Schmerz wird es sein, dich für immer zu verlieren, welche Leere wirst du irgendwann in meinem Leben hinterlassen. Doch in den Erinnerungen der letzten Wochen treibe ich wie in einer Wolke voller Hoffnung.«📖

Anlauf zum dritten Versuch und das unvermeidliche Ende

Die Zeit verging, ohne auf mich, mein Herz und diese sinnlose Warterei Rücksicht zu nehmen. Mittlerweile war bereits der Jahrgang nach mir mit der Berufsausbildung fertig, und ich hatte mit meinen fast zwanzig Jahren lediglich ein Schulabschlusszeugnis in der Tasche. Das war schon richtig deprimierend. Darüber hinaus schienen wir die letzten Übriggebliebenen in unserem Ort zu sein, denn die meisten waren weg, drüben im Westen, und es sah nicht im Geringsten danach aus, als würden wir jemals dieses Land verlassen dürfen. Trotz des neuen Gesetzes blieb man weiterhin den willkürlichen Entscheidungen der Staatsgewalt ausgeliefert. Keiner war mehr da, der einem Mut zusprach, mit dem man sich austauschen konnte. Stattdessen nahmen die gehässigen Gesichter zu. Und sie gaben mir das Gefühl eines ewigen Verlierers. Im Grunde war ich das ja auch. Ich hatte keinen Erfolg in Sachen illegaler Flucht oder legaler Ausreise, keinen Erfolg in Sachen Paul und mit diesen Gedanken im Kopf war ich irgendwie nur noch traurig. Nichts schien mehr Spaß zu machen, nichts verschaffte mehr Ablenkung. Die Freunde wurden langweilig, die Veranstaltungen so richtig öde, und es fühlte sich an, als hätte ich die Spur, in der ich bisher immer noch irgendwie lief, für immer verloren. Ich wollte das alles nicht mehr, keinen einzigen Tag lang mehr dieses Leben!

📖»Manchmal mache ich mir Gedanken darüber, was ich tun werde, wenn ich nichts mehr tun kann, was ich sagen werde, wenn es nichts mehr zu sagen gibt, was ich hören werde, wenn niemand mehr etwas sagt, woran ich denken werde, wenn es nichts mehr gibt, über das es sich nachzudenken lohnt, ob ich leben werde, wenn alles keinen Sinn mehr hat. Dann gelangen meine Gedanken an ihre Grenzen. Ich finde keine Antwort mehr auf meine Fragen und schließe meine Augen. Dabei denke ich an ein Lied. Es lässt mich fliegen und ich spüre die Sehnsucht nach Freiheit in mir, Träume werden wach und ich entdecke mich und weiß wieder, was ich will. Niemals aufgeben!«📖

Im Mai erreichte mich der Brief eines Schulfreundes, der in Dresden studierte. Er plante gemeinsam mit zwei anderen Jungs eine Flucht in den Westen. Es sollte über die rumänische Grenze nach Jugoslawien und von dort aus weiter in Richtung Österreich gehen. Ich wollte mit. Das war mein Plan B für den Sommer 1989, wenn sie mich wieder nicht rauslassen würden.

Erneut ein Ziel vor Augen, wieder mal war eine letzte Reise zu organisieren – zwei Monate hatte ich dafür Zeit. Außer mit meinem Cellolehrer sprach ich mit niemandem über das Vorhaben. Er war Rumäne und sollte mir ein Gefühl für die Grenzsituation in Rumänien verschaffen. Dabei machte er mir nicht viel Hoffnungen und war eher felsenfest davon überzeugt, dass man uns noch vor Erreichen der Grenze festnehmen oder erschießen würde, da der Druck, der auf den rumänischen Soldaten lastete, ähnlich war wie bei uns. Auch Schokolade und Kaffee würden dies nicht wesentlich beeinflussen können. Seinen Bedenken schenkte ich jedoch wenig Beachtung. Ich dachte, die Jungs werden schon wissen, was sie da tun. Und mir war mittlerweile jedes Mittel recht, egal welches Risiko dahintersteckte.

Mit der dahinschreitenden Zeit wurden auch die Tage wieder wärmer und der Sommer hielt in unserem Alltag Einzug. Partylaune breitete sich in den Gärten aus und Reiselust mit gebündeltem Fernweh lag in der trockenen Luft. Paul stand kurz vor seinem Abschluss, doch er war im Grunde schon einen Schritt weiter, alles drehte sich bei ihm nur noch um Leipzig, – ich bekam ihn kaum noch zu Gesicht. Mir war klar, das war endgültig das Ende. Sein beruflicher Alltag würde ihn spätestens ab dem Herbst nur noch selten oder gar nicht mehr nach

Hause führen, dorthin, wo ich wahrscheinlich auf ewig festsaß und wartete. Ich hörte irgendwann auf, mich dagegen zu sträuben. Und um den Gedanken an Paul auszuweichen, hielt ich mich in meinen Träumen an der »Aktion Rumänien« fest. So hatte ich wenigstens etwas Greifbares vor Augen, was mir einen gewissen Auftrieb gab und mir vor allem über die immer häufigere Funkstille zwischen Paul und mir hinweghalf. Liefen wir uns beide dann doch unverhofft irgendwo über den Weg, war in den ersten Sekunden nicht erkennbar, ob sich die Begegnung einfach nur wunderschön oder absolut katastrophal entwickeln würde. Es gab Situationen, da sprachen wir gar nicht miteinander und ignorierten uns ganz offensichtlich, so als würden wir uns schon lange nicht mehr kennen. Oder wir waren wie elektrisiert und warteten nur auf ein falsches Wort des anderen, was dazu führte, dass wir wieder streitend aneinandergerieten, und das immer wegen nichts und wieder nichts. Manchmal geschah aber auch, ohne, dass die vergangenen Auseinandersetzungen nur im Ansatz erwähnt wurden, etwas ganz anderes:

📖»Du warst einfach da, gestern Abend nach dem Russisch. Ich dachte, ich traue meinen Augen nicht, als ich dich unten an der Tür stehen sah, einfach so, nach sechs Wochen Pause. Dass du überhaupt wusstest, wo die Schule war und wann der Unterricht endete. Aber egal, es war so klasse. Wir sind an der Elbe entlanggelaufen und haben gequatscht. Du hast viel von Leipzig geschwärmt. Das mag ich eigentlich nicht, weil es mir Angst macht. Es ist irgendwie genauso wie damals, als du nach Berlin gingst. Genauso glücklich scheinst du zu sein, weil deine Zeit hier bald abgelaufen ist – und meine? Wir waren noch essen. Mit dem letzten Zug bin ich dann zurück. Ich denke, du weißt nicht, was du mit solchen Abenden bei mir wieder anrichtest.«📖

Das waren diese Momente, in denen ich mich ertappte, innerlich zu singen, und ich wusste genau, warum.

Ja, manchmal hatte es wirklich den Anschein, als wäre unsere Welt harmonisch, aber das war sie nicht. Denn diese Art Begegnungen waren dann eher doch die Ausnahme. Es ging einfach nicht, denn wir zwei haben einfach keine harmonische Mitte finden können. Es gab immer nur Himmel oder Hölle und unter dem Strich mehr Hölle. Ich wollte das nicht mehr. Ich war erschöpft von dem ständigen Auf und Ab und traurig, dass Paul gefühlsmäßig immer einen Schritt nach vorne und dann doch wieder zwei zurück machte. Jegliche Hoffnung, die ich entwickelte, weil er mir ab und an Grund dazu gab, fing an, sich gleich wieder in Luft aufzulösen. Irgendwann war bei mir einfach keine Kraft mehr vorhanden, weiter zu warten und zu hoffen. Und obendrein raubten mir unsere Kämpfe die letzten Funken Energie.

📖»Wo in diesem ganzen Durcheinander stehen wir eigentlich? Ich habe kein Gespür mehr für oben und unten, Anfang und Ende. Gibt es uns überhaupt noch, irgendwo? In einen Wahnsinnsstrudel der Gefühle zogst du mich hinein, in dem ich mich selbst verloren habe, weil ich alles losließ. Und jetzt? Jetzt fange ich an, mich zu suchen, um dem sinnlosen Umherkreisen zu entkommen und um endlich wieder irgendwo neu zu beginnen. Ohne dich. Denn du versteckst dich weiterhin im Verborgenen und ziehst es vor, dich lieber nicht finden zu lassen, heute nicht, morgen nicht und an keinem anderen Tag.«📖

Ich war nicht mehr bereit, in einem Spiel mitzumachen, in dem ständig die Regeln geändert und die Rollen vertauscht wurden. Früher hatte es mir irgendwie nicht so viel ausgemacht, mal die Hauptfigur und dann wieder doch nur der Spielball zu sein, oder Pauls Launen zu ertragen. Ich hatte einfach genug von ihm, von seinem »Engelchen, du schaffst das schon« und ich stellte mich der schmerzlichen Tatsache, dass es eben doch Wünsche zu geben scheint, die werden nie wahr, egal wie groß sie auch sind. Der Punkt, an dem bei mir nichts mehr ging, war irgendwann erreicht. Der »Weg von ihm weg«, den ich so oft vergeblich unter die Füße genommen hatte, schien zu Ende zu sein, denn ich war am Ziel. Der Vorhang fiel wie ein Stein und mein Märchenprinz starb.

Schnell, beinahe zu schnell nutzte ich meine innere Freiheit und sah sie als Chance für eine neue Beziehung, eine Beziehung mit Tommy. Im Grunde hatte es sich irgendwann so ergeben. Tommy und ich hatten viel Zeit miteinander verbracht. Immer, wenn Paul nicht da war, und er war ja oft nicht da. Wir gingen zusammen ins Kino, besuchten Discotheken, fuhren Hals über Kopf nach Berlin und ließen es uns einfach nur gemeinsam gutgehen. Sympathien waren von Anfang an da und irgendwann wurde mehr daraus. Tommy hat mich abgelenkt von den Problemen, von der Angst, dass sich in diesem Sommer wieder nichts in Sachen Ausreise bewegen würde, von der Aktion Rumänien, von der dahinschwindenden Zeit und vor allem von Paul. Auch wenn es sich so anhört, als wäre er nur ein Ersatz gewesen – vielleicht war er es im Nachhinein, aber damals habe ich das nicht so empfunden. Ich verliebte mich wieder neu, was ich eigentlich nicht für möglich hielt.

📖»Hand in Hand laufen wir durch die Straßen Berlins, vorbei an müde dahinschleichenden Menschen, die nicht den Hauch einer Ahnung verspüren, auf welcher Wolke ich schwebe. Dabei könnte ich sie alle umarmen, um sie an meinem Glück teilhaben zu lassen.«📖

Unsere Zweisamkeit gab mir so ein unglaublich befreiendes Gefühl. Jung, dynamisch, leichtfüßig, bewegte ich mich an Tommys Seite, und keine Erinnerungen an Paul oder gar an die Ausreise waren in der Lage, mir die rosarote Brille der Verliebtheit zu entreißen. Und Gedanken an eine mögliche unabänderliche Trennung verschwendeten wir auch nicht. Für uns zählte nur der Augenblick, und großzügig gingen wir mit dem Glück um, ohne zu wissen, was wir da eigentlich hatten.

Diese Liaison zu Tommy wirkte sich nicht gerade positiv auf die

Beziehung zwischen Paul und mir aus. Paul entfremdete sich mir total, und das Wenige, was da noch zwischen uns war, das löste sich wie von selbst in ein immer größer werdendes Nichts auf. Wie eine Pflanze, die eingeht, wenn man sie nicht pflegt, so starb jegliche Kommunikation zwischen uns ab, und ich fühlte zum ersten Mal, wie unsere Verbindung wirklich zu brechen begann. Paul verschwand aus meinen Gedanken, aus meinem Alltag, er tauchte in meinen Gesprächen nicht mehr auf – nie hätte ich es für möglich gehalten, dass sich jemals so eine gewaltige Kluft zwischen uns auftun könnte. Und dann wurde plötzlich wahr, was ich so lange ganz innig erwartet und immer herbeigesehnt hatte.

Wer kennt sie nicht, diese Tage, an denen man erwacht und irgendetwas ist anders. Man fühlt, dass etwas passieren wird, aber man weiß nicht, was es ist. Nur eines ist bereits schon am Morgen sicher, mit diesem Tag wird sich alles ändern. Genauso empfand ich diesen Morgen des 5. Juli 1989 und gegen 10 Uhr kam der Anruf – die Ausreise war genehmigt!

§Zusammenfassend kann eingeschätzt werden, dass die Marie V. äußerst hartnäckig auf ihrem Antrag zur ständigen Ausreise beharrt und eine Rückgewinnung nicht möglich ist. Es ist einzuschätzen, dass die Genannte eine derart verfestigte feindliche, fanatische, religiöse Einstellung entwickelt hat, dass sie jeglichen Argumenten einer Rückgewinnung ablehnend gegenübersteht.§

Sie hatten in unserem Fall doch wirklich ihr ganzes zur Verfügung stehendes Zeitpotential ausgeschöpft. Genau den gesetzlichen Vorgaben entsprechend, ließen sie uns die vollen sechs Monate aussitzen. Doch damit nicht genug, es folgten weitere vier Wochen.

Meine Mutter und ich nutzten die Zeit, alle Sachen zu packen, alle Formalitäten zu erfüllen, die Reise zu organisieren und vor allem unser Leben im Osten ein letztes Mal in Ordnung zu bringen. Es war endlich geschafft – auch dieser Weg hatte ein Ende, woran ich eigentlich gar nicht mehr geglaubt hatte. Und hineingeworfen in einen plötzlich so ganz anderen Sommer, füllten sich unsere Tage mit Abreisestimmung, gemütlichem Beisammensitzen an langen, warmen Abenden – letzten Begegnungen mit fröhlichem Abschied. Sie brachten mir aber nicht nur innige Freude, diese besonderen Stunden, sondern auch Genugtuung, und ich konnte es mir nicht nehmen lassen, ab und zu die Verbitterung der gehässigen Menschen zu genießen. Noch nicht ganz auf der sicheren Seite, mir aber meines Sieges bewusst, warf ich ihnen hin und wieder für all die Demütigungen, die abfälligen Worte, für all den Schmerz, strahlende Blicke wie Ohrfeigen zu. Es war mein innerer Siegestanz, mein Triumphzug im Rausch der so sehr ersehnten Abreisestimmung. Meine Tage hier im Nirgendwo waren endgültig gezählt. Und Paul? Er war damals circa fünfhundert Meter Luftlinie von mir entfernt in Aufbruchsstimmung. Sein Abitur inklusive Berufsausbildung hatte er mittlerweile in der Tasche, die Zeit in Magdeburg war endlich zu Ende, und nun wartete er zu Hause auf Post aus Leipzig. Er hatte sich dort um eine Anstellung in einem Institut beworben.

Und dann, ganz plötzlich und völlig unerwartet kehrte sein Vater von seiner letzten Besuchsreise in den Westen nicht mehr zurück. Sein Bruder, also Pauls Onkel, feierte seinen sechzigsten Geburtstag und sein Vater blieb einfach dort. Aber das war gar nicht das Schlimmste. Viel heftiger war, dass er dort jemanden kennengelernt hatte und nicht nur das Land, sondern auch seine Familie verließ. Von einem auf den anderen Tag glich Pauls heilige Familie nur noch einem Trümmerhaufen und mittendrin stand er, völlig verlassen. Es vergingen genau zwei Tage, bis jeder von der Situation des anderen erfuhr, und von dem Moment an änderte sich alles. So als hätte man einen Hebel in uns umgelegt, bewegten wir uns wie ferngesteuert aufeinander zu. Unsere Differenzen und Kluften wurden schlagartig nebensächlich, und auch meine Beziehung zu Tommy verlor an Bedeutung.

📖»Es waren die verrücktesten und bis dahin schnelllebigsten Tage meines Lebens, und es ging mir noch nie so gut mit dir.«📖

Jeden Tag haben wir uns irgendwo verabredet, waren im Kino, gingen spazieren oder verbrachten Stunden auf unserem Balkon, nur um zu reden. Wir haben viel geredet. Ich glaube, in den ganzen zweieinhalb Jahren, in denen wir uns nun schon kannten, haben wir niemals so ausführlich miteinander gesprochen wie in diesem Juli, selbst am Anfang, in jenem Dezember nicht. Tommy war übrigens zur selben Zeit in Ungarn wegen eines Ray-Ban-Brillen-Imitats, was keiner von uns so richtig verstehen konnte – und ich besitze die Brille heute noch, was auch völlig unverständlich ist. Aber gut, ich hatte Paul, für mich ganz allein, und das war mein größtes Glück, das schönste Geschenk, das mir dieser Abschied machen konnte.

Es war die letzte gemeinsame Zeit, die ich mit ihm zusammen erleben sollte, und ich rettete mich von einem Tag zum nächsten, den wir noch miteinander verbringen konnten. Ich wusste, dass wir uns aufgrund der Mauer lange nicht wiedersehen würden. Eine unabänderliche Trennung stand uns bevor, die vor allem bei mir ein Gefühl der Ohnmacht hervorrief. Und um die Realität nicht widerstandslos zu akzeptieren, machten wir Pläne für ein Wiedersehen in Leipzig. Obwohl das eigentlich auch nur wieder mal eine Lüge war.

📖»Die Stunden mit dir gleichen Sternschnuppen, die kurz aufblitzen und dann in Sekundenschnelle wieder verschwinden. Was würde ich dafür geben, damit sie ewig bleiben.«📖

Trotz des bevorstehenden Abschieds von Paul war ich dennoch glücklich, da sich alle meine Erwartungen an ihn in diesen Tagen erfüllten. Alle Hoffnungen wurden bestätigt und was gibt es Schöneres. Eine unglaubliche Freundschaft setzte sich fort, die auf so viel mehr schließen ließ, auch wenn es im Grunde für alles zu spät war. Ich hatte jetzt endlich diese Gewissheit. Über all die Vorwürfe, die Verletzungen und über alle Feindseligkeiten, die ganzen elenden Streitereien hinweg hatten wir beide endlich wieder die Ebene gefunden, auf der wir uns stets verstanden haben, auf der damals, im Winter 86 alles begann. Ich hatte Paul wieder da, wo ich ihn immer sehen wollte. Und all seine Zuneigung nahm ich mit weitgeöffneten Armen auf, denn ich wusste, ich würde ihm nie wieder so nah sein können. Alles glich einem Film, einem »Ich bin hier, aber doch nicht hier«-Gefühl, einer nicht realen Geschichte, in der wir die Hauptrollen übernommen hatten, und es gab nichts außer dem Ende. Und das kam.

Am 31. Juli 1989 um 10 Uhr morgens standen sie vor der Tür. Ich werde das nie vergessen. Meine Mutter schlief noch. Ich ging zu ihr ans Bett und sagte: »Sie sind da!« Kein nettes Wort kam von den Handlangern, nur: »Ihre Papiere liegen bereit und bis 24 Uhr müssen Sie das Land verlassen haben!« Das war der klassische Startschuss. An jedem Tag hätte er kommen können, an jedem Tag in diesen letzten vier Wochen. Jeden Morgen dieses Zittern bis 10 Uhr, und am 31. Juli 1989 war es dann so weit, ab da lief dann tatsächlich die Zeit.

Wir fuhren umgehend mit meinem Onkel zum Rat des Kreises, die Dokumente abholen. Immer mit der Angst, Vater Staat macht wieder alles rückgängig. Auf dem Weg dorthin hielten wir bei Paul an. Obwohl das nicht so ganz ungefährlich war, schließlich wurde das Haus seiner Eltern rund um die Uhr bewacht. Das war üblich bei Republikflüchtigen, Verhöre und Beschattung der Zurückgebliebenen, im Grunde konnte seine Mutter froh sein, dass sie nicht ins Gefängnis kam und das hatte sie indirekt der neuen Flamme ihres Mannes zu verdanken. Jedenfalls hoffte ich so sehr, Paul zu Hause anzutreffen, aber es öffnete niemand. Auf dem Rückweg versuchten wir es erneut, wieder Fehlanzeige. Ich wusste, Paul hatte nichts vor, sonst hätte er etwas gesagt, so wie letzte Woche.

✉Marie, wo steckst du nur, den ganzen Tag habe ich versucht, dich zu erreichen. Ich muss für drei Tage nach Leipzig. Am Dienstag bin ich wieder zurück, in der Hoffnung, dass du noch da bist. Paul✉

Alles setzte er in Bewegung, nur damit mich diese Zeilen erreichten, die mir letztendlich sein Opa ganz unauffällig beim Vorübergehen auf der Straße zusteckte. Ich fühlte das erste Mal, dass ich dazugehörte. Und jetzt, wo war er nur? »Paul«, das war mein einziger Gedanke, das Einzige, was mir im Kopf herumging. Sachen packen, Freunden Tschüss sagen, alles wurde nebensächlich. Und es machte mich völlig fertig. Dennoch blieb mir nichts anderes übrig, als mich der Gegenwart zu stellen. Zusammen mit meiner Mutter räumten, packten und verschenkten wir – den ganzen Nachmittag, bis die Wohnung leer war. Ein paar Sitzmöglichkeiten und diverse Dinge, die in den nächsten Tagen weggehen sollten, blieben. Jeder von uns hatte zwei Koffer und eine größere Tasche, das war alles, was wir aus unserem alten Leben ins Neue mitnehmen durften. Aber das wussten wir ja vorher lange genug, dreieinhalb Jahre hatten wir das geübt, wie man sich auf das Wesentliche beschränkt und alle unnützen Dinge über Bord wirft. Einige Leute kamen, um sich zu verabschieden, und dann stand Paul plötzlich in der Tür meines Zimmers. Meine Mutter hatte ihn reingelassen, ohne dass ich es bemerkte. Ich war wie versteinert, sagen konnte ich nichts. Fast hätte ich angefangen zu heulen, weil sich die Anspannung des Tages nun endlich löste.

»Wann fahrt ihr?« Kühl waren seine Worte, ganz sachlich, fast schon abstrakt. Verflogen schien die Nähe der letzten Tage. Doch ich wusste er meinte es nicht so, aber es brach mir trotzdem das Herz.

»Gegen acht.« Schnell ließ ich meinen Blick in einer der Kisten um mich herum verschwinden. Ich konnte ihn nicht ansehen. Es war wieder dieser Tod der elenden Abschiede, der sich regelrecht aufdrängte, und ich wollte das nicht mehr.

»O.k., ich komme um sechs!«

Er hatte das letzte Wort kaum zu Ende gesprochen, da war er auch schon wieder weg. Die ersten Sekunden spürte ich tiefe Erleichterung: »Er kommt noch mal wieder.« Doch schon einen Augenblick später war mir klar, wenn er das nächste Mal geht, wird es das letzte Mal sein, denn es war wirklich unser allerletzter Tag. Ganz schnell verwarf ich diese Gedanken, und angespannt packte ich weiter, denn ich musste fertig werden. Irgendwann kam Tommy, aber nur für einen kurzen Augenblick. Er hatte an dem Tag noch berufliche Verpflichtungen. Wir verblieben unverbindlich, weil keiner wusste, was wird. Eine Freundin tauchte noch auf und dann war Paul endlich da.

Gemeinsam setzten wir uns an diesen alten Tisch. Paul nahm wie selbstverständlich meine Hand, so als würde er die Last, die auf meinen Schultern lag, mittragen, und beide schwiegen wir. Reden das ging nicht, denn der Kloß im Hals wurde immer größer und größer. Und diese fremde Atmosphäre um uns herum machte die Situation nicht gerade leichter. Kahl und leer war die Wohnung. So wie das ist, wenn man geht.

Um diese unerträgliche Stille zu durchbrechen, schaltete ich das Radio ein und ging zum Fenster. Ein letztes Mal wollte ich diesen Blick einfangen, um mich für immer daran zu erinnern, an diese stoppeligen Koppeln mit den schwarz-weißen Kühen, an den kleinen Fluss mit den vielen Silberweiden, der sich irgendwie schwerfällig durch brachliegendes Land zog und irgendwann ganz weit hinten am großen dunklen Wald verschwand, – und über allem erstreckte sich so unglaublich viel Himmel.

Im Grunde hätte es einer von so vielen Sommerabenden sein können, wie wir sie hier oben schon so oft zusammen erlebt hatten, aber an diesem Tag war alles anders. Ich dachte an die Party bei Paul und, dass ich einen Tag später nach Prag gefahren bin, das war genau ein Jahr her, und an die Jungs, die sich vor zwei Wochen nach Rumänien aufgemacht hatten. Wenn sie sich an den Zeitplan hielten, müssten sie die Donau bei Orsova längst erreicht haben. Keine Ahnung, vielleicht waren sie aber auch gar nicht mehr am Leben.

Plötzlich fühlte ich Paul ganz dicht hinter mir und diesen Kuss in meinem Nacken. Ich konnte sie nicht mehr halten, die Tränen, sie liefen mir einfach über das Gesicht, und beide sahen wir nach draußen.

Da standen wir nun, Paul – ich, jeder mit seinen Gedanken allein und vor uns ein einziges Fenster, um die ganze Welt zu fassen. Police lief im Radio: »Every breath you take«. Eigentlich hätte ich doch froh sein können, dass ich nun endlich gehen durfte – war ich ja im Grunde auch, aber mit einem Mal wollte ich nicht mehr. Paul war da, nach so langem Warten. Warum musste das ausgerechnet jetzt zu Ende gehen? Konnte in diesem Leben nicht einmal etwas richtig laufen? Alles hatte ich bekommen, alles, was ich wollte, und dennoch schien ich irgendwie wieder ein Verlierer zu sein. Ist es das, was man mit der Ironie des Schicksals meint? Und während ich so über die Absurdität der Ereignisse nachdachte, wurde sie noch ein Stück größer, diese unerträgliche Traurigkeit.

Meine Mutter stand plötzlich in der Tür – erschrocken drehten wir uns zu ihr um. »Das Taxi ist da, wir müssen«, sagte sie leise mit einem verstohlenen Blick, der uns beide traf. Funktionierend, aber dennoch zögerlich holte ich meine Sachen – Paul half mir beim Tragen. Wir luden die Koffer und Taschen in den Kofferraum, und dann, ja dann war es so weit. So viele Abschiedsszenen hatte ich mit ihm schon erlebt und eigentlich hätte ich schon eine gewisse Übung darin haben müssen. Erst seine Abreise nach Berlin vor zwei Jahren, dann der Abschied, als ich nach Prag fuhr, das Ende von Magdeburg – aber all diese Momente, so furchtbar ich sie auch in Erinnerung hatte, waren nichts gegen das, was ich an diesem 31. Juli aushalten musste. Ich glaube, egal wie oft man das vorher erlebt, so etwas kann man kaum souverän meistern und schon gar nicht mit all diesen Leuten, die um uns herumstanden.

»In ein paar Stunden bist du frei, denk an nichts anderes!«, leise klangen seine Worte, während er ein letztes Mal meine Hände nahm. Irgendwann lösten sie sich, weil sich seine Schritte langsam von mir fortbewegten. Wie versteinert hielt ich mich an seinem Blick fest und versuchte gleichzeitig krampfhaft das Beben, das durch meinen ganzen Körper ging, zu unterdrücken. So sehr ich auch Pauls Anwesenheit der letzten Tage regelrecht wie ein Schwamm aufgesaugt hatte, ich fühlte ganz plötzlich, es würde nicht für lange reichen, es war nicht genug, um daran festzuhalten, um die endlosen Tage und Nächte, Monate ja vielleicht sogar Jahre, die von nun an folgen würden, durchzustehen, und ich spürte, wo er noch bei mir war – so greifbar nahe – , wie mich die Trennung von ihm innerlich zu zerstören begann.

Der Motor des Taxis startete und wir folgten der Aufforderung zum Einsteigen. Ich setzte mich nach hinten, um allein zu sein und hab dann nicht mehr aufgehört zu weinen. Es war wirklich vorbei, für immer, und um mich selbst vor meinem inneren Untergang zu schützen, ließ ich Paul von diesem Moment an einfach nur los und ging meinen Weg ganz alleine weiter.

§ Einreiseverbot in die DDR für Marie V. bis 2025.§

»Morgen werden wir unsere Schritte verlängern, jeder dem Glück hinterher, und dabei werden wir Blicke und Steine werfen. Eine andere Stadt wird draußen auf uns warten, mit neuen Gesichtern, neuen Stimmen und einer neuen Geschichte. Wir tauchen in sie ein, innerlich singend, und in unseren Armen halten wir noch die letzten Überbleibsel einer einst innigen Verbundenheit. Morgen begegnen wir anderen Menschen, die von nun an unser Leben bestimmen, und ab morgen gehen wir auch ein bisschen schneller. Wir beruhigen unser aufgebrachtes Herz und rauchen beim Abschied noch eine Zigarette. Dabei treffen sich unsere Blicke und wir fühlen, dass wir von nun an niemals mehr dieselben sein werden, und die Zeit, die hinter uns liegt, kommt nicht wieder. Während einer weiteren Zigarette holen wir Atem, und morgen ist alles Vergangenheit.«📖

Die Ankunft

Mit dem Taxi meines Onkels ging es wie in einer Nacht-und-Nebel-Aktion zum Bahnhof und von dort mit dem Zug direkt an die Grenze. Wie oft hatte ich mir diesen Augenblick vorgestellt, in dreieinhalb Jahren bestimmt tausend Mal. Es war Mitternacht und durch das Flutlicht der Scheinwerfer, die den Schutz der Dunkelheit an der Grenze vertreiben mussten, trotzdem taghell. Alte Männer mit Bäuchen, in einer Dunstwolke ihrer Zigaretten, durchwühlten wortlos die Koffer der Reisenden. Sie blätterten auch in meinen Tagebüchern, den sogenannten letzten Akkorden meines bisherigen Lebens, in der Hoffnung auf Devisen. Hunde durchstöberten hastig die Waggons auf der Suche nach Flüchtlingen und junge Männer mit Maschinengewehren begleiteten, Angst einflößend durch den Nebel an Macht, in dem sie sich bewegten, die Ausfahrt des Zuges. Und dann war ich frei, so frei, wie ich es mir jahrelang gewünscht hatte. Frei und staatenlos!

Mit dem wachsenden Abstand zur Grenze raste der Zug schneller und schneller durch die vorbeifliegende Dunkelheit und brachte mich meinem neuen Leben immer näher. Ich öffnete die Fensterklappe und streckte den Kopf in den warmen Sommerwind dieser einzigartigen Nacht hinaus. Es war tatsächlich eine andere Luft, die an mir vorüberzog. Meine Augen schließend, folgte ich dem Klang der Gleise, die ein so ganz anderes Lied sangen, als wir es von jeher kannten. Tief in Gedanken versunken, dachte ich an mein altes Zuhause, an Paul und daran, dass mich mein Weg wohl nie mehr in den Osten zurückführen würde. Von nirgendwo ging es endlich nach irgendwo. Die sich langsam ankündigende Müdigkeit wischte ich mir aus meinem Gesicht, denn an Schlaf war nicht zu denken – war es doch wohl die bisher spannendste Nacht meines Lebens und da musste ich von Anfang bis Ende dabei sein.

Gegen 2 Uhr erreichte der Zug Hannover, die erste Station auf der anderen Seite, der erste feste Boden unter der Füßen in meinem neuen Leben. Bis zur Weiterfahrt hatten wir circa viereinhalb Stunden Aufenthalt. Nachts viele Stunden auf Bahnhöfen zu verbringen, das war für mich ja nichts Neues. Gespannt lief ich durch die von dumpfem Neonlicht erhellten Gänge. Dabei traf ich auf Polizisten mit Hunden, auf eine alte Schwester der Bahnhofsmission, auf vereinzelte müde Reisende, so wie wir es auch waren, und auf ein paar vom letzten Tag zurückgelassene Gestalten, die nicht wussten, wo sie hin sollten. Neugierig, aber dennoch verhalten warf ich einen Blick hinaus auf die Straße und auf die Lichter, die mir die Stadt in diesen Morgenstunden darbot. Ich sah Taxen, deren Fahrer Zeitung lesend auf Kundschaft warteten, eine hellerleuchtete Tankstelle, die um diese Uhrzeit noch geöffnet hatte, und Passanten, die an der Bushaltestelle gegenüber in einen der Nachtbusse stiegen. Ein komisches Gefühl breitete sich in mir aus. Es war alles fremd, die Lichter, die Menschen, der Takt der Zeit, allein die Tatsache, dass das Leben hier in einer weniger bedeutenden Stadt, auch irgendwie nachts stattfand.

Gegen 6:30 Uhr setzten wir unsere Reise im für damalige Verhältnisse futuristischen IC fort. Auf gelben Sitzen in einem Großraumwagen, wie in einem Flugzeug, schwebten wir in drei Stunden knappe vierhundert Kilometer mitten durch Deutschland, wie wir es noch nie zuvor gesehen hatten. Entlang der Lüneburger Heide, westlich an den letzten auslaufenden Hügeln des Harzes vorbei, durch die Tunnel der Kasseler Berge bis ins Rhein-Main-Gebiet, wo wir gegen 10 Uhr Frankfurt erreichten. Ich muss sehr traurig gewesen sein, zumindest erzählt Carla das heute noch, – ich kann mich kaum noch daran erinnern. Vielleicht war es diese Kombination aus Abschied und Müdigkeit, die mich nicht gerade innerlich tanzen ließ. Oder die Tränen kamen, weil mir mehr denn je klar wurde, dass ich nicht mehr zurück konnte.

Mit dem Auto ging es dann weiter, und irgendwann gegen Mittag war das Ziel erreicht – unser neues Zuhause das Sprungbrett in die andere Welt. Wie im Rausch nahm ich wahr, was so plötzlich vor mir lag und über Jahre nie erreichbar schien. Das »Ich bin hier, aber doch nicht hier«-Gefühl setzte sich fort. Und nichts um mich herum erinnerte mehr an meinen Alltag zuvor. Fremde Gerüche, andere Geräusche, eine vollkommen neue Sprache, viel exklusive Kreativität und extreme Lebendigkeit, eben ein ganz anderes Dasein. Einiges wurde dadurch für mich leichter – doch es war nicht mein Zuhause.

Um das Fremde um mich herum ein wenig kleiner werden zu lassen, begann ich mein neues Leben dann erst mal mit dem Auspacken der vielen Pakete, die ich in den letzten Jahren an Carla geschickt hatte. Und beim Wiedersehen meiner schon lang vermissten persönlichen Dinge fühlte ich mich dann schon ein bisschen heimischer. Wenig später fand ich auf meinem Bett ganz überraschend eine an mich unter der neuen Anschrift adressierte Karte aus Ungarn, von der ich nichts wusste. Ich freute mich über Tommys Zeilen, die mich hier als Erstes begrüßten, gerade weil er mich mit seiner Ungarnreise so enttäuscht hatte. Und drei Tage später erreichten mich per Eilpost:

Briefe, wie ich sie mir immer gewünscht habe

✉ 1. August 1989:

Marie, seit gestern hast du uns alle hier zurückgelassen. Und nun der erste Brief an dich in eine vollkommen andere Welt. Jetzt nicht mehr hier in meiner Nähe, sondern irgendwo da drüben hinter der Mauer. Auf der Karte so denkbar nahe und doch unerreichbar für mich. In der Hoffnung, dass du anrufst, habe ich die ganze Nacht im Wohnzimmer neben dem Telefon gewartet. Ich hatte so sehr gehofft, noch einmal deine Stimme zu hören, doch der Apparat blieb leider still. Marie, wenn ich dir diese Zeilen so schreibe, dann kommt es mir vor, als würden wir uns wie gewohnt am nächsten Wochenende wiedersehen, aber du bist wirklich nicht mehr da und ich kann das nicht glauben. So gern würde ich jetzt wieder zu dir rübergehen, dich überraschen, wie in den letzten Tagen, nur bei dir sein, rauchen quatschen, lachen, in der Sonne sitzen, die Zeit vergessen – aber alles ist verlassen. Du kannst dir gar nicht vorstellen, was für eine unerträgliche Leere vorhin in eurer Wohnung herrschte. Was ein Glück, dass Alex dabei war. Als wir alle Sachen im Auto hatten, bin ich noch mal zurück und hab 'ne Zigarette auf dem Balkon geraucht, so zum Abschied, und dabei ist mir so einiges eingefallen, was wir dort oben zusammen erlebt haben. Weißt du noch, meine Abschlussarbeit? Und als plötzlich das Rohr in der Küche platzte. Du – ranntest total planlos mitten hinein in das Chaos und dann war alles futsch. Ich hab das immer noch ganz deutlich vor Augen. Das Wasser, wie es an dir hinunterlief – überall – und in deinen Händen hieltest du dieses Bündel von Papierpampe – meine Arbeit, die Arbeit von 3 Wochen. Und wie wir völlig fertig in diesen nassen Klamotten zusammen neben der Spüle hockten! Und dann beim Aufräumen, als du gegen das Regal kamst und dieser ganze Kram von oben auf dich herunterfiel und du in diesem Meer von Wasser, Nudeln, Mehl und Zucker standest – Marie, ich hab dich noch nie so lachen sehen. Jetzt komme ich mir total zurückgelassen vor. Ich bin selbst ganz überrascht, was dein Verschwinden bei mir anrichtet. Im Grunde ist es unerträglich, ich weiß nicht, ob du dir das vorstellen kannst. Das Einzige, was mir Hoffnung gibt, ist unsere Verabredung in Leipzig. Ich denke daran und alles ist gut. Aber was glaubst du Marie, wann das sein wird, in sechs Monaten, in einem Jahr oder in zehn? Was ist, wenn sie dich nie wieder reinlassen? Dein Paul ✉

Das war der erste Brief von Paul nach diesen letzten gemeinsamen Stunden im Osten. Und ich erinnere mich noch gut an das Gefühl beim Lesen seiner Zeilen. Es fiel mir so unglaublich schwer, dieses einzuordnen. War es Sehnsucht nach dem Vertrauten, Kummer wegen der Trennung oder pure Hilflosigkeit, weil mir nicht wirklich klar war, was ich in Sachen Paul nun tun oder lieber lassen sollte. Hatte ich mit meiner Abreise nicht einen dicken Schlussstrich unter mein bisheriges Leben gezogen und wollte ich nicht alles hinter mir lassen, auch Paul? Irgendwie schon, und irgendwie hatte ich auch damit gerechnet, dass er mich gehen ließe. Doch stattdessen hielt er unsere Vergangenheit in seinen Zeilen fest und blieb mit einer Präsenz, die ich mir immer so sehr gewünscht hätte, doch mit der ich plötzlich kaum noch etwas anfangen konnte. Nichts hatte sich an seiner Nähe der letzten Tage und Wochen geändert und es schien, als ob mein Traum, den ich noch zum Schluss im Osten mit Paul erlebte, hier und jetzt im Westen eine gewisse Existenzberechtigung forderte. Aber der Herzbube meines früheren Lebens passte nicht mehr in die Welt, die sich um mich herum völlig neu gestaltete. Und ich, ich war bereit, den letzten Sommer zurückzulassen, wohl wissend, was ich da aufgab, und bereit, hineinzuspringen in mein neues Dasein, zu entdecken, mich einfach darauf einzulassen auf das, was unweigerlich wie eine überschwappende Welle auf mich zukam. Ganz schnell wollte ich damit beginnen, meine berufliche Zukunft zu gestalten, um endlich die Ideen, die jahrelang schon in mir schlummerten, zu verwirklichen. Es war endlich Zeit für mich, es zu fühlen, dieses neue Land, in dem ich von nun an jeden Morgen neu erwachte, die Menschen zu erleben und vor allem dieses Tempo zu spüren, welches der Alltag hier vorgab. Zurücksehen, das gehörte nicht mehr dazu, stattdessen sehnte ich mich regelrecht danach, im Trubel des Westens meine Vergangenheit zu vergessen. Pauls Briefe legte ich daher erst mal zur Seite, ein bisschen unsicher, aber mit gewisser Genugtuung, und insgeheim hoffte ich, dass mir die Zeit schon einen Weg zeigen würde, damit umzugehen.

✉ 15. August 1989:

Marie, nun bin ich endlich in Leipzig. Die Möbel sind zwar noch nicht hier, und ich hause in der Wohnung auf Kisten und Matratzen. Alle Sachen liegen ungeordnet herum, weil ich so schlecht aus Koffern leben kann, aber das ist alles nicht wichtig. Die Arbeit im Institut ist so aufregend, dass mich das Chaos hier wenig stört. Stell dir vor, sie haben mir sogar eine Fortbildung in Berlin angeboten. Berlin, endlich wieder Berlin!

Gestern habe ich versucht, dich anzurufen. Als ich gegen zehn endlich bei euch durchkam, meldete sich niemand mehr. Heute werde ich wieder genausolang auf der Post sitzen, in der Hoffnung doch irgendwann am anderen Ende der Leitung deine Stimme zu hören. Marie, ich muss dir noch so viel sagen, dabei weiß ich schon jetzt, dass ich die richtigen Worte sowieso nicht herausbringe.

Marie, du fehlst mir. Viel zu spät habe ich gemerkt, wie wichtig du mir bist. Es ist eine schlimme Erfahrung. Gerade weil ich es kaum oder erst sehr viel später wiedergutmachen kann. Ich weiß, mir standen vor nicht allzu langer Zeit mal einige Türen bei dir offen, doch ich versuchte sie sanft zu schließen. Jetzt bist du weg und ich kann nichts mehr tun! Mit jedem Tag rückst du weiter von mir weg, so wie Sand der durch meine Finger rieselt und ich will das nicht. Gerade deine Zeilen aus dem letzten Brief fand ich sehr hart. Du weißt, dass ich deine politische Einstellung immer geteilt habe und das weiterhin tue, und ich verstehe, dass du all das, was du erlebt hast, hinter dir lassen willst, aber du kannst doch nicht wirklich alles vergessen wollen. Ich will nicht aus deinem Leben verschwinden. Ich will nicht, dass diese letzten Wochen im Juni zur Vergangenheit werden! Gerade jetzt, wo es so hoffnungslos scheint, gerade jetzt will ich bleiben. Lass mich bleiben! Dein Paul✉

Es war nicht wiedergutzumachen, mich so lange warten zu lassen, mit mir zu streiten, die Türen mehr oder minder sanft zu schließen, mich in die Arme anderer zu treiben und vor allem, mich erst zu bemerken, als ich weg war. Letzteres war irgendwie das Schlimmste. Und Paul hatte recht, er konnte nichts mehr tun!

📖»Ich hab echt geglaubt, deine Blicke und deine Gestik besser deuten zu können, und ich war mir deiner Zuneigung schon so lange sicher. Aber egal, jetzt spielt es eh keine Rolle mehr. Mein Leben fängt hier noch einmal ganz von vorne an. Ich habe endlich die Chance, auf die ich immer gewartet habe, und du, du bist auf der anderen Seite unerreichbar, weit weg von mir, hinter der Mauer und willst erst mal dort deinen Weg gehen. Was bezweckst du mit deinen Worten? Willst du das einfach nur loswerden oder erwartest du eine bestimmte Reaktion von mir? Paul, es tut mir leid, aber ich kann nicht damit umgehen. So lange bin ich dir vergebens hinterhergelaufen. Wir hätten so viel Zeit zusammen haben können. Du wolltest nicht, sondern hast es vorgezogen, dich lieber mit mir zu streiten. Jetzt ist es zu spät. Ich habe einen klaren Weg vor mir und ich kann und will jetzt hier und heute endlich was in meinem Leben bewegen, so lange stand ich auf der Stelle. Du lebst dein Leben und gehst deinen Weg im Osten, dort drüben, wo mein Blick nicht mehr hinfällt.«📖

📖»Dein Freund wollte ich sein, an deiner Seite verweilen bei Sonne und bei Regen, aber du brauchtest keinen Freund. Zum Weggefährten wollte ich dir werden auf den geraden und den ungeraden Straßen des Lebens, aber du zogst es vor, allein zu laufen. Alles hätte ich für dich getan, selbst die Sterne vom Himmel geholt, aber du wolltest sie nicht, du wolltest mich nicht. Und jetzt, wo ich weg bin, bemerkst du diese Leere um dich herum und fängst an, nach mir zu rufen, doch ich kann dich nicht mehr heraushören aus der Menge der vielen Menschen, in die du dich unweigerlich selbst hineinmanövriert hast.«📖

✉ 26. September 1989:

Liebe Marie, endlich mal wieder deine Stimme zu hören – es hat mich fast umgehauen. So viel hätte ich dir gerne erzählt, aber eingefallen sind mir in dem Moment einfach nur diese unwichtigen Dinge. Trotzdem war es toll, du warst so nah.

Marie, zwei Monate haben wir uns jetzt nicht mehr gesehen und du hast dich immer noch nicht zu dem Angebot Leipzig geäußert. Denkst du manchmal noch darüber nach? Falls du nicht hierherkommen möchtest, ich reise für dich um die ganze Welt (man müsste es können). Vielleicht machst du einen anderen Vorschlag, egal wo im Ostblock – ich komme. Egal ob kurz, ob weit, ich möchte dich einfach nur wiedersehen, Marie, das ist schon so lange her.

Meine Schwester ist letzte Woche über Ungarn in den Westen gekommen, sie ist frei. Welch ein Wort, fast aus meinem Wortschatz gestrichen. Von meinem Cousin habe ich noch keine Nachricht. So völlig auf mich gestellt, normalisiert sich das Leben hier in Leipzig nur langsam. Manchmal habe ich sogar das Gefühl, dass es nie zum Alltag wird, bei all den neuen Hürden, vor allem mit der Wohnung. Und dann hast du bestimmt mitbekommen, was hier jeden Montag in der Nikolaikirche los ist. Gestern war es einfach Wahnsinn! Achttausend Menschen auf der Straße, ein Zug durch die ganze Innenstadt. Das aber nur am Rande, denn der Brief soll dich ja noch erreichen. (Ich grüße die lieben Grenzbeamten: »Guten Tag, die Herren!«)

Mein Zigarettenkonsum übersteigt derzeit die zwei Schachteln am Tag. Du wärst entsetzt. Ich bin froh, dass du wenigstens das nicht miterlebst. Dabei hätte ich dich trotzdem gern bei mir. So gern würde ich jetzt irgendetwas für dich machen, dir eine Bambino aus Konsum von gegenüber holen, dir deine Lieblingsmelodie hier auf dem Klavier vorspielen, mit dir hoffnungsvolle Wetten abschließen, wenn ich verliere, dir deine verrückten Wünsche erfüllen, dir eine Schneekugel schenken oder mich einfach so für dich in einen Clown verwandeln, nur um dir zu gefallen. Aber es geht nicht – vielleicht geht es nie mehr –, doch daran will ich nicht denken. Vielleicht kommt ja eine gute Fee vorbei, die mir einfach so drei Wünsche freigibt. Ich wünsche mir jetzt jedenfalls was und du wünschst dir bitte auch etwas – aber bitte keinen Schnee mehr. Obwohl, lange dauert es ja nicht mehr bis zum nächsten weißen Nass. Wir haben schon so lange nicht mehr gewettet. Marie, ich mag dich wie verrückt und hoffe, dass wir ewig jenes bleiben, was wir immer noch trotz der Grenzen sind. Pass auf dich auf und melde dich bald. Ich drücke und umarme dich in meinen Gedanken. Dein Paul ✉

📖 »Soll ich sie lieben, deine Briefe? Vielleicht ein bisschen, weil sie mir noch immer deine ungeteilte Zuneigung vermitteln. Vielleicht aber auch nicht, weil sie wieder anfangen, mir den Kopf zu verdrehen. Dass wir ewig jenes bleiben, was wir immer noch trotz der Grenzen sind. Aber was waren wir eigentlich? Freunde – ein bisschen mehr oder auch nicht. »Ich mag dich wie verrückt!« Was für Worte – ich werde nicht leugnen, dass sie mir gefallen, aber sie ändern nichts. Und wieso kramst du diese alten Geschichten aus, diese Wette, mit der alles begann, warum führten dich deine Gedanken überhaupt so weit zurück? ›Schnee‹ ist übrigens ein gutes Stichwort. Den Blick dafür habe ich verloren, und irgendwo unter diesem weißen Nass, wie du es nennst, liegt meine Liebe zu dir auf Eis, und da soll sie bleiben, für alle Zeiten, und das mit dem Wünschen, das mache ich schon lange nicht mehr.«📖

Ich wollte diese DDR-Geschichten nicht mehr hören. Es war mir nicht recht, dass Paul die Dinge, an die ich nicht mal mehr wagte zu denken, einfach so ansprach. Ich wollte nicht mehr sein heimlicher Verbündeter in Sachen politische Gesinnung sein, sondern diese gedanklichen Überbleibsel meiner Zeit dort drüben im Osten mit Macht aus meinem Gedächtnis verdrängen. Warum? Damit ich endlich diese Zeit vergaß und den Schmerz, den sie mir gebracht hatte. Doch Paul, er war in dieser Hinsicht gnadenlos und präsentierte mir in kurzen Abständen immer diesen DDR-Alltag. So funktioniert Verdrängen nicht.

📖»Die Mauer, sie scheint so stark, so mächtig, so unverwüstlich, und dennoch bietet sie keinen Schutz vor Erinnerungen, Gefühlen und der Vergangenheit.«📖

✉ 26. Oktober 1989:
Liebe Marie, nun steht er vor der Tür, dein Geburtstag, doch Glückwünsche auf dem Papier sind nicht so ausdrucksstark wie persönlich vorgebrachte. Na ja, im Augenblick ist das Letztere leider nicht möglich! Ich werde morgen an dich denken. In meinen Gedanken werde ich bei dir sein und nehme dich von Leipzig aus in die Arme. Ich werde in den Park gehen, meine Hände zu einem Trichter vor den Mund geformt, und rufen, ja schreien: »Happy birthday and see you later, Marie.« Und keine Mauer, Grenze, künstlich errichteter Wall, ideologische Gespaltenheit kann diesen Schrei aufhalten! Es ist ein Schrei für dich, aber gleichzeitig auch ein Schrei für eine Freiheit.
Am letzten Freitag bekam ich die Einladung von meiner Schwester, bin am Dienstag dann zur Polizei. Stunden davor noch wahnsinniges Gehetze, Passbilder, Wehrdienstausweis. Schweißgebadet kam ich

dann dort an, musste eine Stunde warten und dann: Stimme durch den Lautsprecher: »Zimmer vier Anliegen vortragen.«

Dialog (Kurzform):

Polizistin unfreundlich: »Zu wem?«

Ich: »Zu meiner Schwester!«

Polizistin unfreundlich: »Anlass?«

Ich: »Geburtstag!«

Polizistin, Unterton wahnsinnig gehässig: »Der wievielte?«

Ich: »Der siebenundzwanzigste!«

Polizistin, Siegerpose: »Kein Anlass!«

Ich: »Weshalb? Alle reden von baldiger Reisefreiheit etc. humanitäre Gründe!«

Polizistin bösartig, aggressiv, gehässig: »Lesen Sie das Reisegesetz! Verwandtschaften ersten Grades ab dem fünfzigsten Geburtstag!«

Ich: »Und sind Änderungen dieses Gesetzes bald in Aussicht?«

Polizistin ironisch: »Sie lesen doch die Presse, hören Rundfunk!«

Ich äußerlich gelassen, innerlich wutentbrannt: »Na dann, einen schönen Tag noch!«

Als ich draußen an der freien Luft war, musste ich dann doch lachen. Tja, so ist das, alle reden vom offenen Dialog. Doch Dialog, Dialoge, Dialüge! Aber sehr viel wird sich in nächster Zeit ändern. Die Medien sind im Augenblick total interessant, jedenfalls in Leipzig, einige Politiker werden langsam diskutabel! Das Ergebnis: Ich, wir, das Land darf hoffen! Am Montag waren es dreihunderttausend in Leipzig. Ich war einer von ihnen, das Fernsehen, Presse, Rundfunk, Politiker ebenso.

Alex soll es übrigens ziemlich schlecht gehen. Er erträgt die seelischen Schmerzen, in seiner bisher versteckten Sensibilität, bei der Armee nicht. Die Erniedrigungen und der Drill machen ihn ziemlich fertig. Er ist übrigens hier ganz in der Nähe. Ich erhielt vor kurzem einen Brief, Zitat: »Weinen ist mein größtes Hobby, aber ich will noch studieren.« Schrecklich, was dieser Staat bei einem jungen Menschen erreicht durch seine bisherige Angstpropaganda. Das persönliche Sein und Wollen ist immer an die kommunistischen Richtlinien geknüpft und von diesen abhängig. Zum Stand der Dinge: Es wird Zeit, dass sie in Bewegung geraten!

Ach, und noch eine gute Nachricht: Micha soll es auch geschafft haben, ich wusste gar nicht, dass er mit dem Gedanken spielte. Er hat sich im Juli angeblich mit ein paar Leuten in Richtung Rumänien aufgemacht. Sie haben dann aber die Chance über Ungarn genutzt. Jetzt ist er in Wien. In Liebe Dein Paul ✉

Die Veränderungen in der DDR, die wir uns alle so gewünscht hatten, berührten mich im Grunde nicht wirklich. Die neue Welt füllte zunehmend mein Leben aus, so dass ich den Ereignissen da drüben kaum Raum schenkte. Das Einzige, was mir wirklich naheging, waren die Ereignisse in Prag. Täglich erinnerten mich die Medien an meine Zeit in der Botschaft vor gut über einem Jahr und daran, dass ich alleine nicht so viel bewirken konnte wie diese Massen, die stündlich das mir so bekannte Gebäude stürmten. Und dann fiel plötzlich die Mauer. Und es fühlte sich an, als wären das jahrelange Warten, das unermüdliche Kämpfen, die vielen Entbehrungen, alle schmerzhaften Demütigungen, selbst das glorreiche Siegen umsonst gewesen!

✉ 11. November 1989:

Liebe Marie »Happy Station« – ich glaube, der richtige Ausdruck für meine Wohnung im Augenblick. Oft klingelt es, Leute kommen, freuen sich mit mir. Wir zeigen uns das Visum im Ausweis, die Zählkarten, stoßen darauf an, feiern, albern, sind ausgelassen und einfach glücklich. Es ist unbeschreiblich.

Hallo, liebe Marie, ein Hallo aus dem sonnigen Leipzig vom mal wieder lachenden Paul. Es ist kaum zu glauben. Ein elementares Grundrecht ist wieder unser! Bei diesen Gedanken schießen mir fast wieder die Freudentränen in die Augen. Ich kann es noch gar nicht fassen. Ein Traum ist Wirklichkeit geworden. Sicherlich haben wir erst eine Fingerkuppe Freiheit und Demokratie, doch bald ist der Körper unser. Ich denke, es gibt Hoffnung. Die SED gibt ihre Machtposition langsam, aber sicher auf, und in der nächsten Zeit stehen freie Wahlen ins Haus. Um auf den Boden der Realität zu kommen: Es ist ein Anfang geschaffen und es wird weitergehen. Wir werden weiter jeden Montag auf die Straße gehen und den Jungs dort oben das letzte Hemd ausziehen. Mensch, meine Marie, bald werden wir uns wiedersehen. Ich freue mich wahnsinnig darauf und sehne diesen Augenblick mit jedem vergehenden Tag mehr herbei. Kannst du dir das vorstellen, bald gibt es keine Grenze mehr! Und eines Tages wird die Mauer als Mahnmal für vierzig Jahre Unterdrückung, Bevormundung, Unmündigkeit, Freiheitsberaubung und Unmenschlichkeit stehen. Bitte ruf mich an, ich komme hier auf der Post einfach nicht durch. Ich kann jederzeit um 6:00 Uhr im Institut sein. Warte, wie lange geht dieser Brief – sagen wir, eine Woche – , also dann Montag, den 20. November. Falls es nicht klappt, einen Tag später, dann wieder einen Tag usw. Und wenn ich einen Monat lang um 6:00 Uhr im Institut sein muss, jenes ist es mir wert: deine Stimme zu hören. Ich umarme dich und verbleibe für alle Zeit in Liebe. Dein Paul ✉

Dem Spätherbst haftet aufgrund der Geschichte schon etwas Magisches an: die Oktoberrevolution 1917, dann die Novemberrevolution 1918, die Reichskristallnacht 1938. Und so fiel auch die Mauer im November 1989 – in großer Euphorie. Doch nichts Wirkliches ist von ihr geblieben, wenigstens als Warnung vor einer menschenbevormundenden, unterdrückenden Ideologie. So wie es Paul in seinem Brief beschrieb, hätte ein großer Teil von ihr monumentenähnlich weiterexistieren müssen. Übrig ist nur ein unbedeutender Abschnitt – eine Touristenattraktion, der sie aufgrund bunter Farben eher lächerlich erscheinen lässt, und außerdem noch teure Souvenir-Splitter, denen zwar eine materielle Wertigkeit anhaftet, die aber von der eigentlichen Macht, die die Mauer einst in sich verkörperte, nichts mehr erzählen.

Und das Verschwinden der Mauer war erst der Anfang vom großen Verschwinden. Sie fingen an, alles zu verändern – Straßennamen, Städtenamen – rissen Häuser ab, entfernten Denkmäler. Es ging ihnen nicht schnell genug, die sozialistische Geschichte zu löschen, und sie sind heute noch damit beschäftigt. Und mit dem Löschen der Geschichte eines ganzen Volkes begann auch unsere Identität zu verschwinden. Vieles, was wir je mit unserer Heimat in Verbindung brachten, ist so gut wie weg. Übrig bleibt nur ein Dorn Sehnsucht tief in mir und ein Funken aufkommender Verständnislosigkeit, denn sie nannten es Rettung aus sozialistischer Vernachlässigung, als sie das mittlerweile hundertfünfundsechzig Jahre alte Kulturhaus abrissen, das um 1900 erbaute Bahnhofsgebäude auf unbestimmte Zeit mit Brettern vernagelten, das Kino in ein überflüssiges Wohnhaus verwandelten, das einst kaiserliche Postamt zu einer kaschemmenartigen Behausung umfunktionierten, und unser Clubhaus steht da, völlig vereinsamt, mit zugesprühter Fassade, eingefallenem Dach und zerschlagenen Schaufenstern. All diese Gebäude haben Kriege, Krisen und den Sozialismus überlebt, aber leider nicht mehr die Wende. Und mit dem Verschwinden der Bilder aus Kinderzeiten geht er mehr und mehr verloren, unser Ursprung. Geblieben sind nicht mal die Geschichten unserer Helden, wie Timur und sein Trupp oder der kleine Trompeter, vergessen sind unsere Brieffreunde aus Nowosibirsk, verschwunden die Bilder, auf denen Mondraketen Sigmund Jähn feierten, eingeschlafen die Euphorie der Ferienlager-Abenteuer und abhandengekommen ein Alltag, den die Gruppendisziplin bestimmte – eine Gruppendisziplin, die uns ein Gefühl von Gemeinschaft gab, die uns Halt vermittelte und in der wir uns zu Hause fühlten.

📖» Ich wollte damals nicht mehr Teil meiner Heimat sein, mich nicht mehr mit den Gleichen und den Angepassten identifizieren, Unfreiheit und Zwang nicht mehr spüren. Niemals hätte ich dieses diktatorische Regime akzeptieren können, aber Heimat bleibt eben doch Heimat und wenn man sie verliert, bleibt nur der Schmerz.«📖

In diesem Herbst 1989 brach eine neue Zeit an. Es schien, als entwickelte sich der verrückteste Lauf ins Morgen. Voller Euphorie und Optimismus machte sich ein ganzes Land auf und marschierte in ein anderes Leben, jeder schnellen Schrittes, mit dem eigenen Traum an der Seite, in eine vollkommen neue Richtung. Es gab keine Bedenken, keine Zweifel. Wir sahen nur die Welt, die uns zu Füßen lag, mit ihren ungeahnten Möglichkeiten, in denen selbst unsere Träume nicht an ihre Grenzen kamen. Doch diese neue Welt forderte auch ihren Preis, und wir haben ihn alle bezahlt. Sie kam mit fremden Regeln, anderen Maßstäben, und mit dem blaueren Himmel, dem grüneren Gras und der helleren Sonne wurde auch der Wind, der uns um die Ohren blies, ein bisschen heftiger. Und während diese Eile und Hast über uns hereinfiel, blieb so manche Beziehung und Freundschaft im Trubel des gesellschaftlichen Wandels auf der Strecke. Wir sind Architekten, Mediziner, Mütter, Fotografen, Unternehmer, Soldaten, Künstler, Anwälte, Chemiker, Lehrer, Journalisten und auch arbeitslos geworden, und die Wellen des Alltags haben uns mit der Zeit an die entferntesten Orte gespült, weit weg von zu Hause. Und unsere festen Bande, die wir in unserer Jugend voller Enthusiasmus geknüpft haben? Nicht viel davon hat gehalten. Heute wirkt sie wie ausgestorben, unsere Stadt mit ihren einsamen Alten und den wenigen Jungen, die ab und an mit dem Gedanken spielen, sich auch aufzumachen, um ihrem persönlichen Himmel einen größeren Horizont zu geben – wo doch der Horizont dort so groß ist wie fast nirgends! Meistens besuche ich sie im Herbst, meine alte Heimat, weil ich der Faszination dieser Jahreszeit einfach nicht widerstehen kann, dem nicht mehr grünen, sondern goldgelben Meer der Linden, dem süßlichen Duft der Eichenbäume, deren Früchte unter den Füßen knacken, dem tiefstehenden Morgenrot, das sich weit über die vereinsamten Koppeln zieht und an den alten Weiden vorübergehend hängen bleibt. Für immer festhalten möchte ich diese Bilder, um sie nie mehr zu verlieren. Und in der frühen Dämmerung der kürzer werdenden Tage kann ich es mir manchmal nicht nehmen lassen, an den mir so vertrauten Häusern verstohlen entlangzugehen, einfach nur, um die Zeit zurückzudrehen. Das eine oder andere helle Licht aus erleuchteten Fenstern reißt mich dann abrupt aus den alten Geschichten, die unweigerlich in meinem Kopf ablaufen, heraus. Ich sehe fremde Gesichter, die mir deutlich zu verstehen geben, dass es mich hier nicht mehr gibt. Und es tut weh. Aber wenn ich dann meine Augen schließe und einen Moment lang innehalte, kann ich ihn spüren, diesen winzigen Hauch unserer Vergangenheit. Ich erinnere mich, wie Mädchen in kurzen bunten, luftigen Röcken und knappen Tops stolz, die Gesichter erhoben wie Sonnenblumen, durch die Stadt laufen, vorbei am Club, durch dessen geöffnete Tür man müde Billardkugeln klacken hören kann, am alten Postplatz vorüber, von den Augen der Jungs begleitet, die sich dort in Cliquen versammeln, Trauben bilden. Weiter gehen sie die Hauptstraße hinunter, über die immer wieder kurz hintereinander schreddernde und hupende Mopeds durch den Abendwind jagen, entlang am vereinsamt dastehenden Kino, wo sie kurze neugierige Blicke zu den Schaufensterkästen hinüberwerfen, die noch nichts Neues hergeben. Ihr Weg führt sie bis hin zum alten Kulturhaus, vor dessen Eingang wir uns alle immer treffen. Dumpfe Bässe, in Zigarettenhauch eingehüllt, hallen uns entgegen, stimmen uns ein und sorgen unweigerlich dafür, dass wir schließlich zum Tanzen hineingehen. Dabei habe ich den Rhythmus der Achtziger immer noch ganz deutlich im Ohr. Unaufhaltsam ziehen meine Erinnerungen durch die leeren Straßen dieser Stadt, die mir heute näher nicht sein könnte. Vielleicht fahre ich aus diesem Grund noch gerne dort hin, als eine Ewiggestrige, um an den Häusern vorbeizulaufen, um diesen Hauch zu spüren, um meine Geschichte zu hören und vielleicht auch, um Paul für einen kurzen Moment wiederzufinden.

✉ 12. Dezember 1989:
    Meine liebe Marie, zehn Tage noch und dann sehen wir uns wieder – endlich! Aber warum hast du Angst vor unserer Begegnung, wegen der Vergangenheit und der Gefühle? Deine zurückhaltende Art in deinen Briefen ist mir nicht entgangen. Lass uns einfach alles, was war, über Bord werfen und uns neu gegenüberstehen. Ich verspreche dir, ich helfe dir. Weißt du, deine Zeilen haben mich irgendwie schon sehr verblüfft. Du warst immer so stark und mutig und wirkst jetzt irgendwie so klein, aber ich kann mich auch täuschen. Ich war früher derjenige von uns beiden, der immer abgehauen ist und der ständig einen Rückzieher machte – immer und überall. Und ich kann mich noch an so einiges erinnern. Weißt du noch, diese eine Fete bei dir zu Hause mit diesem Frank und der Stress mit ihm. Ich bin als Einziger gegangen, weil ich überhaupt nicht wusste, wie ich damit umgehen sollte – Rocky IV war mir dann doch wichtiger. Dafür könnte ich mich heute noch ohrfeigen. Oder als dir unser Nachbar eine runtergehauen hat. Ich war so schockiert, dass dir das passierte, und es war mir so peinlich, dass es ausgerechnet bei uns passierte – ich fühlte mich außerstande, dir beizustehen. Dabei sehe ich dich noch, wie du mit Tommy zusammen durch den Schnee hinausgelaufen bist. Oder als du so traurig von deinem letzten Cellounterricht kamst. Ich konnte einfach nicht über meinen Schatten springen, ich konnte dich nicht retten an diesem Abend. Jetzt ist es anders, denn ich habe mich in diesem halben Jahr echt verändert. Und ich habe vor allem keine Angst mehr. Ich freue mich einfach nur, weil ich seit Tagen an nichts anderes mehr denken kann. Ich umarme dich. Dein Paul ✉

Nie hätte ich vermutet, Paul so schnell wiederzusehen, niemals! Vielleicht wäre manches damals anders gelaufen, aber diesen so abrupten Mauerfall konnten wir im Sommer 1989 einfach nicht voraussehen. Fünf Monate lagen nun mittlerweile hinter beziehungsweise zwischen uns, und manches Wesentliche hatte sich in dieser Zeit geändert. Es war schließlich meine lange Einsamkeit drüben im Osten, diese ständige Warterei, dieses immer irgendwie In-der-Luft-Hängen – all das sorgte in mir für ein so riesiges Bedürfnis nach Ankommen, einer Basis und vor allem nach Beständigkeit. Was mir jedoch am meisten fehlte, war die Zweisamkeit. Keine Sekunde wollte ich mehr in Sachen Liebe verschenken, keinen Augenblick mehr über die Seiten dieser neuen Welt vereinsamt laufen, und so war ich irgendwann auch nicht mehr allein. Ich wolle nicht mehr warten auf irgendein Schiff …

Mit viel Anstrengung, einem großen Maß an innerer Überzeugung und aller mir zur Verfügung stehenden Macht richtete ich alle meine Sehnsüchte und Gefühle auf das bisschen Beziehung, welches vom letzten Sommer noch übrig geblieben war. Und so setzte ich meine ganze Energie und Hoffnung auf eine Karte, die einzig und allein Tommys Gesicht trug. Irgendwann unterlag er meinen Überredungskünsten und kam gleich nach der Öffnung der Grenze zu mir in den Westen, obwohl es das Letzte war, was er wirklich wollte. Und so hatte der Mauerfall für mich doch noch etwas Gutes, glaubte ich damals zumindest. Mit einer irrsinnigen Geschwindigkeit begann ich sofort, meinen Traum von einer glücklichen Beziehung in die Wirklichkeit umzusetzen. Warum ich mir Tommy dafür aussuchte, obwohl doch Paul mein Herzbube war? Vielleicht, weil er mir näher war als jeder andere und er mich auch gut ablenken konnte von meinen wahren Gefühlen. Darüber hinaus machte Tommy mich auf seine Art glücklich. Ob er es war – ich glaube nicht.

Und während ich mir in Windeseile, mit viel Ideenreichtum und großen Zielen mein künstliches Nest errichtete, tauchte plötzlich Paul darin auf. Ganz euphorisch, mit viel Hoffnung – was für ein Timing!

Natürlich machte mich das klein, weil ich genau fühlte, dass ich in dieser mir nicht ganz fremden Situation so rein gar nichts im Griff hatte. Und daran brauchte Paul mich nun wirklich nicht zu erinnern. Oft genug war meine kleine Welt seinetwegen zerbrochen, ich hatte die Zeit nicht vergessen. Und er glaubte wirklich, etwas von meiner Angst zu wissen? Nach all den Jahren fühlte ich endlich mal festen Boden unter den Füßen. Ob das nach dem Wochenende noch genauso sein würde? Ich war mir nicht sicher. Am liebsten wäre ich damals dieser Situation entflohen. Da fing für mich nun in dieser neuen Welt eine richtige Beziehung an, und die Liebe meines Lebens ließ mich nicht in Ruhe. Aber wollte ich das wirklich? Hätte ich da nicht entschieden Nein sagen müssen? Möglich – doch das konnte ich nicht. Die wenigen Tage und Nächte vor dem Treffen kreisten meine Gedanken einerseits ganz wild um die Frage: »Wie wird es wohl sein, wenn wir uns gegenüberstehen, fremd, kühl, benommen oder genauso offen wie in den Briefen?« Und andererseits versuchte ich, der Seltsamkeit dieser Sache an sich auf den Grund zu gehen, denn wer hätte damals geglaubt, dass Tommy und ich mal zusammen auf dem Frankfurter Hauptbahnhof stehen und wir gemeinsam Paul erwarten würden?

Als ich ihn dann endlich erblickte zwischen all den Reisenden, entzog sich Tommy blitzartig meiner Wahrnehmung, und in einem Anfall unerwarteter Glückseligkeit rannte ich Paul entgegen. Es schien einem Wunder gleich, ihn einfach nur zu sehen – alles war wieder da, einfach alles – , und von dem Moment an wusste ich, es würde schiefgehen, allein die Zeit vermochte das letztendlich zu entscheiden. Ich fühlte wieder, was sein Lachen in mir verändern konnte, und seinem Blick entnahm ich von Angesicht zu Angesicht, was ich so lange verdrängt hatte. Aber anmerken ließ ich mir von all dem nichts. Und Paul, er wirkte wie immer, souverän, abgeklärt, nett, zurückhaltend. Das hatte er gut drauf – in der Menge wenig authentisch zu sein.

Ähnlich einem netten Dreiergespann waren wir an dem Wochenende vor Weihnachten unterwegs, mit akribischer Distanz, die jeder zu jedem hielt, vor allem ich zu Tommy. Unser oberflächliches Geplausch zog sich in gewisser Unterhaltsamkeit durch die Gespräche. Wir redeten, schwiegen, lachten und fanden uns alle drei – eingebettet in Carlas mütterlicher Fürsorge – irgendwo über dem ungleichen Takt unseres neuen Lebens wieder. Alles ohne Zwang, wie immer ganz verbindlich unverbindlich und die eigentliche Tragik der Situation dabei mit Macht ignorierend. Am Sonntag musste Paul zurück, wieder ein Abschied, aber diesmal nicht so schlimm wie der letzte, und das allein reichte mir schon für einen inneren Sieg.

Hätten wir doch bloß offen über alles gesprochen, aber das taten wir nicht. Was sollten wir auch dazu sagen. Man redet in solchen Situationen, wie wir sie erlebten, eher nicht darüber. Es ist so viel einfacher, durch Schweigen den Problemen aus dem Weg zu gehen und alles weiterlaufen zu lassen, so lange, bis sich eine unkontrollierte Eigendynamik entwickelt und die ganze Sache von selbst gegen den Baum oder sonst wohin geht.

✉ 10. Januar 1990:

Liebe Marie, zu Beginn erst mal eine traurige Nachricht: Der Neumann hat sich zu Weihnachten das Leben genommen. Am zweiten Feiertag fand man ihn unten im Hof. Er ist aus dem Flurfenster gesprungen. Keiner hat etwas gehört. Er muss dort die ganze Nacht gelegen haben – und das Leben hier im Haus geht weiter, so als wäre nie etwas passiert.

Zwei Wochen ist es jetzt her, dass ich bei dir war. Und irgendwie bin ich froh, wieder zu Hause zu sein. Das mit Tommy war ein Schock, obwohl, geahnt habe ich das immer irgendwie, warum hast du nichts gesagt? War das deine Angst? Das ist doch feige. Findest du nicht? Was hast du dir nur dabei gedacht? Doch irgendwie bin ich nicht wirklich verärgert oder wütend. Vielmehr wundert es mich, dass es mir relativ wenig auszumachen scheint. Weißt du auch warum? Ich spüre einfach, dass das mit euch nichts Richtiges ist – deine ganze Zurückhaltung ihm gegenüber, sie ist mir nicht entgangen. Aber egal, du musst selber wissen, was du da tust. Ich war und bin einfach nur froh, dass ich dich wiedergesehen habe und ich lebe von dem Gedanken an unser nächstes Wiedersehen im Januar. Bitte sag nicht ab! Nur allein die Vorstellung, dass du hierherkommst zu mir, lässt mich alles tun, die schönen und die weniger schönen Dinge, arbeiten, renovieren, geduldig sein, putzen, träumen, früh aufstehen. Marie, alles ist gut, solange du zu mir hältst, dich nicht entfremdest. Ich will noch immer mit dir nach Yap Island – erinnerst du dich noch? Was ist aus deinen Träumen geworden, sind sie dir auf deinem Weg verloren gegangen? Denk mal drüber nach! In Liebe Dein Paul ✉

Irgendwie hatte ich damals so sehr gehofft, fünf Monate reichten um zu vergessen. Der Alltag würde das schon zwangsläufig erledigen – ein neues Leben, andere Menschen, berufliche Herausforderungen mit Zielen, die bis zum Himmel reichten und so für genügend Ablenkung sorgten –, früher hatte es ja auch irgendwie geklappt. Und mit Tommy an meiner Seite sah ich mein Herz in sicheren Händen verwahrt. Ich war mehr als überrascht, da ich spürte, wie meine Gefühle durch unser Treffen mit jedem Tag mehr außer Kontrolle gerieten. Ein richtiges Durcheinander schien sich in meinem Kopf und in meinem Herzen anzubahnen. Ich konnte diese Geschichte mit Paul einfach nicht vergessen und ließ es zu, dass er wie ein Gespenst in meiner neuen Beziehung umhergeisterte. Mit Tommy sprach ich nicht über Paul und seine Briefe. Ich wollte keinen Streit, kein Misstrauen, keine Diskussionen wegen ein paar Avancen. Und Paul – dem teilte ich nur kurz eine Absage für unser Treffen im Januar mit und flüchtete mich dann in ein großes Schweigen. Ich weiß nicht mehr, was es war, vielleicht dieser Druck, den er auf mich ausübte. Ich hatte das Gefühl, dass ich immer weniger Einfluss nehmen konnte auf das, was da mit mir passierte, so als ob ich wie ferngesteuert direkt auf eine Klippe zuraste und nicht vermochte, dieser auszuweichen.

✉ 5. Februar 1990:

Liebe Marie, da du ja nichts von dir hören lässt, werde ich wieder den Anfang machen. Also: ein allerliebstes »Hallo« über die bröckelnde Mauer. Ganz langsam komme ich über deine Leipzig-Absage hinweg. Es hat mich doch ziemlich getroffen, vor allen Dingen, da ich überhaupt nicht damit gerechnet habe. Warum können wir nicht dort weitermachen, wo wir letzten Sommer aufhörten? Die Mauer ist weg, wir könnten uns sehen, wann und wo immer wir wollen. Marie, was ist nur passiert, mit deinem Herzen, mit deiner Liebe? Warum baust du jetzt eine neue Mauer zwischen uns auf? Ich weiß, du hast nichts von all dem, was war, vergessen, ich habe es in deinen Augen gesehen. Und ich fühle, du wirst kommen. Irgendwann wirst du kommen und ich, ich werde einfach solange warten.

Ich mag dich, Marie, auch wenn viele Illusionen verpufft sind. Durch mein arrogantes, ignorantes Verhalten habe ich viel verspielt. Ich weiß, die Karten waren mal anders verteilt, doch ich habe mir selbst den Schwarzen Peter untergemogelt, schwarz wie Pech, wie Dummheit, wie Reue. Es tut mir so leid und ich wünschte, vieles wäre anders gekommen. Aber es ist, wie es ist, und ich gebe nicht auf. Du kannst doch nicht dieses ganze Glück, diesen Schatz – jahrelang hast du darauf aufgepasst – jetzt einfach so aufs Spiel setzen? Oder kannst du? Wir werden nie erfahren, wie groß unser Glück wirklich sein könnte, wenn du es jetzt einfach so wegwirfst. Ich bitte dich, komm! Und außerdem, du musst sie dir unbedingt ansehen, diese neue Welt hier. Es ist schon fast wie in Berlin. Es scheint alles ganz lebendig zu werden, so als würden die Menschen hier aus einem jahrhundertelangen Dornröschenschlaf erwachen. Sie sind bis in die Nacht hinein unterwegs auf den Straßen, obwohl es so gar nicht in diese kalte Jahreszeit passt. Und stell dir vor, es gibt auch schon Cafés mit französischem Kaffee und Zeitungen. Erinnerst du dich noch ans »Kisch«? Es ist verrückt, dass wir uns nie dort getroffen haben. Meinst du nicht, wir haben noch so einiges nachzuholen. Ich würde gerne noch mal mit dir ins Kino zu

»Jenseits von Afrika«, auch wenn es das 8. Mal sein würde, oder mit dir Wettrennen auf dem vereisten Elsterkanal machen, um dir endlich mal meinen Mut zu beweisen, oder mit dir stundenlang in einem Zug fahren irgendwo hin, nur um mit dir zusammen aus dem Fenster zu schauen. Glaubst du nicht mehr daran, dass es funktionieren könnte? Lass es uns doch wenigstens versuchen! Komm und bleib so lange du es mit mir aushältst, aber lass es uns wenigstens versuchen! Für alle Zeiten in Liebe Dein Paul ✉

Leipzig

Wir haben uns auch im Februar nicht gesehen. Ich weiß nicht, wie ich das hinbekam, mich dem so lange zu entziehen. Aber irgendwann hatte Paul mich dann doch so weit, irgendwann später im Frühjahr, als es draußen schon wärmer war.

Wir hatten uns schließlich in Eisenach verabredet. Ich kam mit dem Zug aus Frankfurt und Paul mit dem Auto, einem alten, weinroten VW Käfer, aus Leipzig. Es war seine Idee, dass wir uns in Eisenach am Bahnhof treffen sollten, so hatten wir mehr Zeit durch die Weiterfahrt zusammen nach Leipzig. Für Tommy war es völlig o.k., dass ich Paul besuchte, da war nichts dabei. Doch es war eine Lüge, und mit dieser im Kopf stieg ich an dem Freitagmittag in den Zug ein.

Es war meine erste Reise zurück in die Ostzone, und die Angst von damals überfiel mich erneut. Denn ich hatte sie wieder vor Augen, die Soldaten mit den Hunden und den Gewehren. Bei diesen Gedanken wurde mir wieder ganz schnell bewusst, wie sehr die vergangenen Jahre noch an meiner Seele kratzten. Möglich, dass ich auch deshalb das Treffen so lange hinausgezögert hatte.

Hinter der »Grenze« eroberte ich sie mir dann aber doch Stück für Stück wieder zurück, meine innere Sicherheit. Die bewaffneten Gespenster verschwanden aus meinem Kopf und übrig blieb nur noch die Frage: »Was mag sie wohl wieder anrichten, diese Zeit mit Paul?«

Und während der Zug mich meinem Ziel immer näher brachte, versank mein Blick in der noch nie zuvor gesehenen Landschaft. Mir fiel die verrückte Reise nach Berlin ein, ich dachte an die Straße, in der er wohnte, an unsere Wetten, an das Date auf Yap Island und an die schneebedeckten Felder zu Hause, die sich weit bis zum Horizont hin erstrecken konnten. Das Leben zieht schon merkwürdige Kreise, wenn man im Nachhinein auf die Spuren zurückblickt, die man in der Vergangenheit hinterlässt.

Pünktlich erreichte der Zug Eisenach – nur Paul, der war nicht da. Nicht nach dreißig Minuten, nicht nach einer Stunde, nicht nach anderthalb Stunden, nicht nach zwei Stunden. Zwei Stunden können sehr lang sein, wenn man keine Ahnung hat, warum man eigentlich wartet. Und dieses »Warum« ließ mich dann auch nicht mehr los, während ich draußen in der Sonne vor dem Bahnhof stand und nichts anderes tun konnte, als den für diese Jahreszeit viel zu warmen Nachmittag dort mit seinen Menschen und ihren unterschiedlichen Zielen an mir vorüberziehen zu lassen. »Wo steckt er nur, und was mach ich jetzt hier, wie lange soll ich noch warten?« Ich fand keine Antwort auf meine Fragen, und mit Schrecken wurde mir bewusst, wie sehr ich mich doch in den vergangenen Monaten zu meinem Nachteil entwickelt hatte. Ich empfand es jedenfalls als nachteilig, dass ich so ratlos geworden war. Früher wäre mir das nie passiert, früher hätte ich einfach gehandelt. Und jetzt blieb mir nur die pure Verzweiflung, die sich freundschaftlich mit meiner langsam wachsenden Wut verbündete. Zwei tolle Begleiter hatte ich da. Irgendwann ging ich in die Halle zurück mit dem Ziel, einem Retter zu begegnen, eine geniale Idee zu finden oder irgendetwas zu entdecken, was mich aus dieser Situation befreien könnte. Und während ich so in den Gängen umherschlenderte, holte sie mich plötzlich wieder ein, meine ganz persönliche Stärke, die Entschlossenheit, die mich nie resignieren ließ, sondern mich immer fortbewegte. Und sie teilte mir unmissverständlich mit: »Fahr nach Leipzig!« Und im Grunde hatte sie recht. Was konnte ich schon verlieren? Ich wusste zwar nicht, wo sich die Straße befand, in der Paul wohnte, ob er überhaupt dort sein und wie er reagieren würde, wo ich die kommende Nacht verbringen würde, und ob es mir möglich war, noch etwas von diesem permanent nicht zustande kommenden Treffen zu retten. Doch ich wusste, das war mein einziges freies Beziehungswochenende, und das wollte ich nicht so einfach aufgeben. Ich hatte so lange gebraucht, um diesen Weg zu Paul zu finden, jetzt wollte ich ihn auch gehen, egal wo er mich letztendlich hinführen würde. Ich suchte den nächsten Zug raus, kaufte eine Fahrkarte und ging zum Bahnsteig. Viele Menschen hatten es eilig und rannten zu den Gleisen. Ein Junge, dicht neben mir auf der Bank, gelangweilt von der Warterei, trat unaufhaltsam gegen seinen Koffer und überhörte die Ermahnungen seiner Mutter, bis ihr Tonfall eine gewisse Schärfe erreichte, die ihn endlich zur Ruhe kommen ließ. Ein alter Mann starrte auf den staubigen Boden, in Gedanken versunken, so als gehörte er nicht hierher – ich hockte mitten unter ihnen, eingehüllt in ein Meer von Fragezeichen. Es dauerte nicht lange, bis der Zug kam. Ich stieg ein, suchte mir einen Platz an der Fensterseite, die zu den Gleisen zeigte, und versank zugleich in dem flammenden Luftbild, das sich ganz weit über das Schienennetz zog, da dort draußen über allem noch immer diese ungewöhnlich warme, pralle Sonne stand. Trotz meiner Entscheidung war ich innerlich verunsichert. So lange hatte Paul mich bekniet, zu kommen, und jetzt das. War das eine kleine Rache wegen der vielen Versprechen, die ich ihm gemacht hatte und die ich nicht hielt? Aber das war nicht seine Art. Warum ließ er mich hier sitzen, immer wieder dieses »Warum?«. Das Signal zur Abfahrt ertönte und riss mich für einen Moment aus meinen Gedanken. Ich spürte, wie der Zug zu rollen begann, und vernahm, wie Häuser und Bäume draußen in Bewegung gerieten. Mit einem Mal zog irgendetwas meinen Blick zur Bahnsteigseite hin. Und ich dachte, ich trau meinen Augen nicht. Da lief doch Paul tatsächlich am Fenster entlang. Ganz eilig. Als sich unsere Blicke trafen, waren es nur noch Bruchteile von Sekunden. Blitzartig schoss ich hoch, riss mit einem heftigen Schwung meine Tasche von der Ablage, stürzte aus dem Abteil, stieß die Waggontür auf, die glücklicherweise noch nicht voll verriegelt war, und sprang aus dem mittlerweile fahrenden Zug, Paul direkt vor die Füße – eine Begegnung, wie sie theatralischer nicht hätte sein können.

Wenig später fuhren wir an dem Stau der Gegenrichtung vorbei, in dem Paul zuvor zwei Stunden gestanden hatte. Ich war so unglaublich erleichtert, dass letztendlich alles gut ausging und wir dann schließlich doch in diesem Auto saßen. So dicht zusammen auf so engem Raum, das gab es schon lange nicht mehr, und es fühlte sich einfach nur gut an. Und als ich mir dessen so richtig bewusst wurde, verwandelte sich die Melancholie, die mich bisher auf dieser Reise begleitet hatte, urplötzlich in pure Aufregung, die nicht mehr von meiner Seite zu weichen schien – die ganze Fahrt über, und es war eine lange Fahrt.

Kurz vor Mitternacht kamen wir dann endlich in Leipzig an. Und wenig später stand ich mitten in dieser für mich noch fremden Stadt, auf einer schmalen, holperigen Pflastersteinstraße vor einem großen alten Haus. Unweigerlich dachte ich an mein Zuhause im Osten und an all die Geschichten, die Paul dort auf unserem Balkon von genau diesem Haus und der Wohnung erzählte. Damals fühlte es sich immer an wie ein Luftschloss, wie Utopie, wie etwas Unerreichbares – ich stand tatsächlich davor. Zögerlich bewegte ich mich auf die riesige dunkle Eingangstür zu, während Paul noch damit beschäftigt war, seine Sachen aus dem Auto zu holen. Die Tür ließ sich wirklich nur mit viel Kraft bewegen, und in dem grau gekachelten Hausflur mit den Jugendstil-Ornamenten oben an der Decke brannte immer noch kein Licht. Pauls so oft erwähnter beißender Geruch nach frischem Bohnerwachs zog sich tatsächlich hartnäckig durch alle Etagen, so dass man regelrecht dazu aufgefordert wurde, sich zu beeilen. Auch den trüben Blick in den Hof hinaus entdeckte ich trotz der nächtlichen Dunkelheit. Es waren diese kaputten Fassaden, wie ich sie von früher her kannte und schon ein wenig vergessen hatte. Und dann fiel mir der Neumann ein, wie er wohl da unten gelegen haben muss. Und betroffen warf ich einen Blick rüber zu seiner Wohnung, an der wir mittlerweile angekommen waren. Alles schien unverändert, mit den Zeitungen hinter den Scheiben, so als wäre er noch immer da. Schnell ging ich weiter, um diese Gedanken zu verdrängen. Und obwohl wir uns noch so sehr bemühten, leise zu sein, knarrte jede der achtundsechzig uralten Holzstufen, so als wollte sie uns begrüßen.

Dann war es endlich da, Pauls Reich oben unter dem Dach. Eine kleine Dreizimmerwohnung mit winziger Küche und schmalem Bad, aber dennoch sehr geräumig, da nur eine offene Balkenkonstruktion als gelegentliche Trennwand diente. Und als liefe man auf einem Laufsteg, bahnten kurze beige Brücken den Weg von einem Wohnbereich in den anderen. Über die vielen kleinen verspielten Fensternischen konnte man weit über die Stadt sehen, deren Lichter selbst in der Nacht nicht erloschen. Ich mag ja dieses nächtliche Gefunkel großer Städte immer noch, denn so verwandeln sich selbst hässliche Betonwüsten zu schillernden Juwelen.

Und während ich meinen Blick weiter durch die Räume schweifen ließ, fiel mir so manches Fremde auf, in dem ich Paul neu erkannte. Ich nahm aber auch Vertrautes wahr, wie unseren alten Tisch, an dem wir früher oft zusammensaßen, oder meine graue Kraxe oben auf dem Kleiderschrank, die ich im vorletzten November gegen seine schwarze Reisetasche tauschte, nur um Paul ein Stück näher zu sein, und meine hellblaue Jeansjacke an der Garderobe, die ich ihm zum Abschied gab – er hatte sie tatsächlich behalten. Auch die großen weißen Ballonleuchten aus dem Wohnzimmer oder die aus Weinkorken selbst konstruierte, schwer beladene Pinnwand aus der Küche seiner Eltern waren mir noch gut bekannt, und schlagartig erinnerten mich diese Dinge an den wütenden Nachbarn. Und dann natürlich das Bild von Pauls Cousin mit der Geige, um das ich ihn schon immer beneidet hatte – wobei das eigentlich Sting war, doch blind vor Liebe, erkannte ich das erst viel später.

Sie berührten mich, diese sentimentalen Dinge aus meiner DDR-Vergangenheit und weckten wie aus dem Nichts die längst verlorenen Erinnerungen an mein altes Leben, an die geheimen Wünsche, die verrückten Träume, an meine große Liebe – manches nur unterschwellig und kaum spürbar, und anderes wiederum entfaltete eine fast schon erschlagende Wirkung. Gleichzeitig fühlte es sich an, als würde ich nach einer langen Reise endlich mein Ziel erreichen, auf einem beschwerlichen Weg, über viele Jahre. Und ich war mir nicht sicher, ob das, was ich bei Paul erlebte, real oder nur ein Déjà-vu eines zu lange geträumten Traums war.

Doch dieses Wochenende hat es wirklich gegeben – mit französischem Kaffee und Croissants in Stehcafés am frühen Nachmittag, mit unbekannten Straßenmusikern in von Menschen durchfluteten Baustellenpassagen, mit dem kurzen Abend in einem winzigen verrauchten Kino, der langen, warmen Nacht draußen am Elsterkanal, den endlich mal offenen Gesprächen und vor allem mit diesem Erwachen am Morgen danach – und es war einzigartig. Lange hatten wir darauf gewartet, jeder für sich in seiner eigenen Geschichte, jeder zu unterschiedlichen Zeiten und jeder allein. Nun schloss sich der Kreis.

📖 »Und jeder Kuss ist wie eine Erinnerung, die zurückkehrt in unsere ermüdeten Herzen.« 📖

Es war eine Zeit voller Sonne und Wärme, voll innerer Aufgewühltheit, voller Albernheit und Freude. Wir, mitten in einem Kommen und Gehen von Stimmen und Gesichtern, haben doch tatsächlich in diesem Zauber unsere gewöhnliche, uns stets anhaftende Eile verloren.

📖 »Wie Perlen fühle ich die Stunden, die sinnlich an uns vorüberziehen und das ganze Leben scheint mit einem Mal wieder etwas ganz Besonderes zu sein.« 📖

Manchmal warf ich vom Küchenfenster aus verstohlen einen Blick zum Gefängnis rüber. Es erinnerte mich an meine eingesperrte Zeit im Osten. Diese Blicke dorthin lagen daher wie ein dunkler Schatten über diesen Tagen. Aber alles andere habe ich genossen, besonders Paul. Und er machte mir in dieser Zeit das schönste Geschenk, das ich je von ihm bekam. Er verschenkte sich selbst, und ich war überwältigt von seinen Gefühlen und seiner Zuneigung. »Illusion never changed into something real« wer auch immer das behauptete, das stimmt so nicht. Illusionen, als Wunschvorstellungen, können sehr wohl zur Realität werden, man muss nur fest daran glauben.

Aber wir konnten die Zeit trotzdem nicht mehr zurückdrehen, weder von hier noch von einem anderen Augenblick. Und so war – bei allem, was ich an dem Wochenende in Leipzig mit Paul erlebte – eines unumgänglich: Ich musste eine Entscheidung treffen, für mich ganz allein. Sich zwischen zwei Menschen zu entscheiden, die einem viel bedeuten, das geht im Grunde nicht, aber ich hatte mich für ein Leben zu entscheiden. Und in den Osten wollte ich nicht zurück, daher nahm ich in diesen Tagen ein für alle Mal Abschied von Paul.

Und ohne auch nur den Hauch eines Gefühls von mir preiszugeben, setzte ich mich am Sonntagnachmittag in den Zug nach Frankfurt. »Komm wieder!«, rief Paul mir nach, während sich die Waggons langsam in Bewegung setzten, doch ich vermochte es nicht, ihm auf seine Worte irgendetwas zu erwidern. Dafür setzte ich alle Kraft daran, sein unverwechselbares Lachen an mich zu binden, da es nach wie vor diese grenzenlose Sehnsucht in mir weckte. Unsere Blicke hielten sich lange noch aneinander fest, genauso lange, bis sie der Zug zwangsläufig in der ersten Kurve auseinanderriss. Und dann verschwanden wir – beide in unterschiedliche Richtungen, jeder zurück in seine Geschichte, in seine Rolle, und von diesem Moment an war es vorbei, wie das letzte Korn einer Sanduhr, der letzte Ton einer Arie. Alles, was mit einer Wette in einem längst vergessenen Winter so hoffnungsvoll begann und woraus mit der Zeit immer mehr zu werden schien, das war nun wirklich zu Ende.

📖»Es hörte auf, als ich am wenigsten damit gerechnet habe, und es blieb nichts übrig von all den großen Träumen.«📖

Und später

Wir haben uns danach noch öfter an ganz unterschiedlichen Orten wiedergesehen, in Frankfurt, Straßburg, Hamburg und manchmal auch zu Hause im Osten. Wenn wir dann mit neuen Bekannten unterwegs waren und uns jemand fragte: »Woher kennt ihr euch eigentlich?«, waren Pauls Worte immer dieselben: »Wir? Wir kennen uns schon sehr, sehr lange.« Dabei war seiner Stimme etwas Geheimnisvolles zu entnehmen, ein Hauch innerer Verbundenheit oder eine Art besonderer Sympathie schwang unüberhörbar mit. Aber vielleicht verwechselte ich das auch und es war einfach nur Gewohnheit, die sich nicht mehr ausgrenzen ließ. Und wenn er ab und zu noch im Vorübergehen länger als gewöhnlich meine Hand hielt, konnte ich seinen Blicken nichts mehr entgegenhalten, und so holten wir auch diesen Frühling 1990 nicht mehr zurück.

📖»Meine Liebe, die Hoffnungen und die Träume sind mir auf diesem langen Weg irgendwie verloren gegangen.«📖

Mittlerweile bin ich am Ende meines nächtlichen Ausflugs angelangt, wie ein Träumer immer noch im Rausch, auf dem Seil der Vergangenheit. Draußen wird es schon langsam wieder hell, und man kann die Herbstnebelschwaden durch das offene Dachfenster riechen, die drüben über die Feldniederungen heraufziehen. Eine lange Reise liegt hinter mir, und die ersten Anzeichen von Müdigkeit bahnen sich unaufhaltsam ihren Weg.

Langsam, eher nachdenklich verstaue ich die Briefe, die Tagebücher und die Akte wieder in dem alten Karton und habe reichlich damit zu tun, ins Heute und Jetzt zurückzufinden. Komisch, wie das Leben so verläuft, und es ist schade, dass nur wenig von all dem Vergangenen geblieben ist. Niemals hätte ich damals vermutet, dass die Zeit so viel verändern und manches so ganz anders laufen würde. Aber irgendwann begannen mich genau die Ziele einzuholen, die ich in meiner Jugend mit Hochmut verwarf, und auf schmalen, unübersichtlichen Pfaden lief ich neuen Wünschen hinterher. Die Maschinerie des Alltags und die Eigenheimidylle erwischten mich dann doch schneller, als ich je geglaubt hätte. Träume und Ideale stellte ich bereitwillig zurück und vergaß meine Kämpfe und meine Siege. Ob sie mich je wieder einholen? Keine Ahnung. Es ist wohl der Lauf der Entwicklung oder einfach nur ganz typisch für mich, dass sich meine Ideale und Träume so wesentlich veränderten, vielleicht kam mir aber auch das Leben spontan dazwischen.

Gern würde ich Paul fragen, ob er je auf Yap Island war, aber es geht nicht, denn die Zeit hat es geschehen lassen, dass sich unsere Wege irgendwann nicht mehr kreuzten und wir uns schließlich aus den Augen verloren haben.

Was mir geblieben ist, sind seine Briefe, als ewiger Beweis und die Erinnerungen. Und mit den vorbeiziehenden Jahren gestalten sich diese Bilder von damals in meinem Kopf immer verschwommener, weil die Erinnerungen mit so manchen Wunschvorstellungen unaufhaltsam zusammenfließen.

Neben den Briefen und dem gedanklichen Überbleibsel meiner Phantasie habe ich dann noch die Träume – Träume, die mich in den Nächten einholen und in denen ich unsere so hart erkämpfte und langsam gewachsene Freundschaft und innere Verbundenheit immer noch gut spüren kann. Paul scheint wohl auf ewig dazu bestimmt zu sein, in meinen Träumen umherzugeistern, immer lachend, in unübertroffen charmant-distanzierter Weise.

Und zu guter Letzt ist da noch dieses Geschenk, welches er mir damals nach unserem Wochenende in Leipzig machte – das Buch von Márquez. Und wenn ich mich an ihn, an sein Lachen und an unsere Zeit erinnern möchte, dann nehme ich es zur Hand und lese diese ersten Zeilen, die er in die Buchinnenseite schrieb:

✉ Sommer 1990:

Nichts ist schwieriger als die Liebe … und doch, eines Tages werden auch wir die gelbe Fahne der Cholera auf unserem Boot hissen und nichts und niemand wird uns mehr stören! Dein Paul ✉

Es waren damals unruhige Zeiten – klare und strukturierte Formen konnten und wollten wir dem Leben nicht abgewinnen. Es war eine anstrengende, aber auf ihre Weise auch eine spannende Zeit, und ich bin froh, dass meine Zeit so war, wie sie war, denn sie hat mich letztendlich zu dem gemacht, was ich heute bin, vor allem mutig und stark.

Tommy und ich, wir haben es nicht geschafft, obwohl ich regelrecht besessen davon war, mit ihm glücklich zu werden – immerhin habe ich meine Liebe zu Paul dafür geopfert. Aber ab einem bestimmten Punkt hat es einfach nicht mehr funktioniert. Unsere Vorstellungen vom Leben waren dann doch so unterschiedlich, und so lebten wir uns in unserer jungen Beziehung schnell auseinander. Ich versuchte lange zu retten, was nicht gerettet werden wollte. Irgendwann machte es keinen Sinn mehr und ich verließ Tommy, wie ich so einige Menschen in meinem Leben verlassen habe, über die ich heute nicht mehr wirklich nachdenke.

Paul hingegen werde ich wohl nie so richtig aus meinen Gedanken verbannen können. Oft genug habe ich es versucht. Irgendwann ließ ich es sein, diesen Kampf gegen mich selbst zu kämpfen, und fing an, mich mit Pauls Existenz in meinem Leben zu arrangieren. Ich bin nicht traurig darüber, dass nichts Wirkliches aus uns wurde, und auch nicht enttäuscht, dass wir nicht das geblieben sind, was wir einst hofften, auf ewig zu sein. Nicht jede Liebe passt in unser Leben. Letztendlich war es ein Geschenk, ihm überhaupt zu begegnen, auch wenn der Schmerz über diese unerfüllte Liebe zu ihm mich fast zerstörte. Doch die Gefühle haben mich in manchen Zeiten auch sehr glücklich gemacht, und allein dieses Empfinden war alles Warten und Hoffen wert. Ich glaube, ich war nie wieder in meinem Leben so verliebt. Das bringt wohl die Jugend so mit sich, man verschenkt sein Herz unschuldig, übermütig über alle Barrikaden hinweg, ganz offen für alle Wunder und jeglichen Wahnsinn. Aber die wirkliche Liebe ist so viel mehr, und davon waren wir weit entfernt.

Die Zeit mit Paul liegt nun schon so lange zurück, dass sie mit jedem vergehenden Jahr mehr an Wirklichkeit verliert – und gern lass ich sie ziehen, denn irgendwann einmal wird sie selbst die Phantasie meiner Gedanken verlassen und auch dort nicht mehr zu finden sein. Müde bin ich vom Zurückblicken, vom Nachdenken, mich Erinnern. Dabei drängt sich mir mehr denn je ein Gefühl auf, viel verloren zu haben. Ich mag nicht mehr, denn es waren genug Bilder, genug Emotionen, eigentlich zu viel für mein Herz und meine Seele, und es fängt sogar wieder an ein bisschen weh zu tun. Die Zeit heilt eben doch keine Wunden, sie hält sie nur versteckt.

Ein wenig traurig lösche ich die Lichter, die meine Spur in diesen letzten Stunden erhellten, um endlich schlafen zu gehen. Gute Nacht dem Morgenrot, gute Nacht dem geflickten Himmel, gute Nacht jeder silbernen Note meiner Gedanken, gute Nacht dieser wunderbaren Melodie, gute Nacht dem Erwachen des neuen Tages, gute Nacht, Paul, wo immer du jetzt auch sein magst, und danke.

📖»Danke für dein Lachen, es hat mir immer wieder das Herz geöffnet, über so viele Jahre. Erinnerst du dich, manchmal hab ich zu dir gesagt: ›Lach mal!‹ Und dann hast du gelacht, einfach so.

Danke für das Date auf Yap Island, auch wenn wir uns nie dort getroffen haben, war dieser Traum ein Geschenk, der mich in einer schlimmen Zeit sehr lange, sehr weit getragen hat. Sie sperrten uns ein, aber unsere Träume konnten sie uns nicht nehmen – diese Freiheit blieb unsere. Und mit ihr machten wir uns auf und davon über die Mauer, über alle Grenzen hinweg.

Danke, dass du damals bei mir geblieben bist, als ich wegmusste.

Ich weiß nicht, ob ich das an deiner Stelle an jenem letzten Juliabend ausgehalten hätte – zurückzubleiben.

Danke für deinen Mut. Du bist mit mir das Völkerschlachtdenkmal hochgelaufen trotz deiner Höhenangst. So einiges hast du getan, um mir zu gefallen, auch das mit dem Hund an dem einen Heiligen Abend, weißt du noch? Danke Paul!«📖

Schlusswort

Die Handlung ist eine Mischung aus autobiographischen Zügen und meiner Phantasie. Die Personen sind frei erfunden, ebenso die Briefe. Die Orte und Einrichtungen wurden bewusst gewählt – so gab es zum Beispiel nur eine Hauptstadt, und die Montagsdemonstrationen fanden ihren Ursprung in Leipzig. Ähnlichkeiten in Bezug auf Schauplätze sind daher rein zufällig und völlig unbeabsichtigt.

Ein Dankeschön an …

Milos: »Für Deine Prager Gelassenheit und viele klare Worte!«, Marie und Lukas: »Für Eure Geduld«, Pat Fritz: »Für Deine einzigartige Stimme und – Bluer Than Blue – ! Durch Zufall begegnet und mit Absicht getroffen!«, www.pat-fritz.de, Markus Hahn: »Für das Cover-Foto«, Denis und Franzi: »Für Eure kreativen Gedanken – viel Erfolg mit Ecstatic Sunrise!«, Antonia und die InstrumentenMacher: »Hier habe ich gelernt, das Buch zu singen …« Heinz und Ilsabe: »Für Eure Freundschaft, Unterstützung und Inspiration!«, Tine und Ko: »Für die Impulse unter und über der Promillegrenze!«, Joanna: »Für den polnischen Zusammenhalt!«, Frank: »Für die Ostanalyse, trotz totaler Ahnungslosigkeit!«, Petra: »Für Deine nüchterne hessische Betrachtung!«, Ines und Andreas: »Für die Möglichkeit immer an den Tatort zurückzukehren – ein großes Geschenk!«, Gina: »Für Kurt, der immer für einen klaren Kopf und gute Gedanken sorgte!«, Antje K.: »Für Deinen Mut!«, Christel und Lutz: »Für Eure Hilfe!«, Oma, Nicole B., Dorle, Frau Hook, Anita, Gaga, Falk, Falks Eltern: »Für eine tolle Zeit in Berlin«, Christine F., Frau Kaspar, Herrn Stricker, Ralf und Rolf, Franziska G., Franziska P., Ariane, Michaela, Mona, Andy, Michael H., Dan D., Tante Hilde, Tante Brigitte und Onkel Lothar, Tante Rosemarie, Christine Kö., Frau Hinze, Tobias E., Claudia K., Frau Müller, Frau Hoinkis, Herrn Müller, Herrn Dührsen; Sabrina,

Rene ... alle, die mich auf diesem Weg unterstützt und vor allem
ausgehalten haben.

Zeichenerklärung:
✉ Briefe; 📖Auszüge aus Tagebüchern; § Auszüge aus behördlichen
Dokumentationen